IEUAN BYTHWYRDD

Joanna·Davies

Gomer

Diolchiadau
I Luned Whelan,
Elinor Wyn Reynolds,
criw Gwasg Gomer
ac i'r darllenwyr.

Cyhoeddwyd yn 2013 gan
Wasg Gomer, Llandysul, Ceredigion SA44 4JL
www.gomer.co.uk

ISBN 978 1 84851 438 6

Dymuna'r cyhoeddwyr gydnabod cymorth
Cyngor Llyfrau Cymru.

Argraffwyd a rhwymwyd yng Nghymru gan
Wasg Gomer, Llandysul, Ceredigion.

I
Steve

Prolog

Cassie – 1991

Oedd, roedd Dewi Gibson, bachgen ei breuddwydion, yn ei charu hi. Roedd y garden San Ffolant yn brawf o hynny. Dau dedi bach yn cofleidio ar fainc, a'r neges yn y garden mor syml, mor berffaith.

'Ti'n ffit, ti'n secsi, ti yw'r un i fi. DG x'.

Wedi iddi grio dros Dewi Gibson a breuddwydio amdano ers bron i ddwy flynedd, roedd derbyn y garden hon yn teimlo fel gwyrth. Pan ddaeth Cassie o hyd iddi yn ei bag, roedd hi'n methu credu ei lwc. Doedd hi erioed wedi cael carden San Ffolant o'r blaen!

Roedd Dewi yn y Chweched a Cassie yn y Bumed, a doedd hi erioed wedi meddwl y byddai'n ddigon lwcus i ennill ei serch. Ond nawr, roedd yn gwbl amlwg ei fod e'n rhannu ei theimladau hi. Sut oedd e'n gwybod ei bod hi'n ei ffansïo, tybed? Wel, roedd hi wedi creu carden San Ffolant arbennig iddo allan o *papier maché*, a thedi'n chwarae gitâr fâs arni (roedd Dewi'n dwlu ar ei gitâr ac yn chwarae mewn band garej, y Guttersnipes). Roedd hi wedi bod yn gynnil a heb roi ei henw ar y garden – jyst y neges syml, 'Dewi, ti yw dyn fy mreuddwydion . . . Cariad am byth, x?x'. Rhaid ei fod wedi dyfalu rywsut mai hi oedd wedi danfon y garden.

Nawr, wrth aros amdano yn yr ystafell gotiau, roedd hi'n barod i ddatgelu ei serch. A dyna lle'r oedd e – yn olygus, yn cŵl, yn dduw gyda'i wallt *mop-top*, a'i lygaid tywyll yr un sbit â llygaid Johnny Depp. Dotiai ar ei got denim 501. Roedd e hyd yn oed yn llwyddo i wneud i'w wisg ysgol edrych yn grêt. Roedd gan y bachgen steil, ac er bod llwyth o ferched yn dwlu arno, doedd e heb gael cariad ers rhyw flwyddyn bellach.

'Dewi? Alla i gael gair 'da ti plîs?'

Trodd Dewi a syllu arni'n chwilfrydig. Dywedodd wrth ei ffrindiau oedd yn loetran wrth ei ochr, 'Wela i chi mewn munud, bois.'

Crechwenodd y rheiny ar Cassie cyn gadael y ddau ar eu pen eu hunain yn yr ystafell gotiau.

Curai calon Cassie yn afreolus wrth iddi wynebu ei chrysh. 'O'n i . . . O'n i jyst ishe diolch i ti, Dewi.'

'Am be?' Roedd Dewi'n pwyso yn erbyn y wal gan edrych yn union fel y dynion golygus hynny yn y posteri du a gwyn Athena. Roedd Cassie'n methu â chredu ei lwc ei fod e'n ei ffansïo hi!

'Y garden . . .' Tynnodd Cassie'r garden San Ffolant allan o'i bag a'i rhoi yn ei law. Agorodd e'r garden a syllu am eiliad cyn dechrau chwerthin yn afreolus.

'Be?! Ti'n meddwl taw fi ddanfonodd hwn i ti? *No offence*, Cassie, ond dwi ddim yn ffansïo merched bach o'r Bumed. A dyw'r pyrm a'r sbectols 'na ddim yn *turn-on* chwaith! Ma' rhywun yn cymryd y *piss* . . .' Taflodd y garden yn ôl ati cyn cerdded i ffwrdd yn dal i chwerthin.

Y bastard! Teimlodd Cassie'r dagrau'n cronni a'i gwddf yn cau wrth iddi sylweddoli bod rhywun wedi chwarae jôc greulon arni.

'Oi! *Shit for brains*!'

O, na! Stacey Louise oedd yno, ei *nemesis*. Doedd hi ddim yn deall pam bod Stacey'n ei chasáu hi gymaint – falle oherwydd nad oedd hi, Cassie, ddim yn trendi, a bod ei mam-gu'n ei gwisgo mewn dillad henffasiwn. Roedd hi'n wahanol, ac roedd hynny'n ddigon i Stacey a'i chrônis.

'Gest ti garden San Ffolant heddi?' holodd Stacey'n wawdlyd.

Anwybyddodd Cassie hi a dechrau cerdded i ffwrdd.

'Oddi wrth DG?! "Dim Gobaith" oedd hwnna'n ei feddwl, y dwaten, nid Dewi Gibson!' Chwarddodd Stacey'n uchel a chroch gyda'i chriw pathetig wrth i Cassie redeg i lawr y coridor, y dagrau'n llifo a'r llais yn ei phen yn gweiddi, 'Twpsen! Twpsen! Pam fyddai e'n dy ffansïo di? Bydd pawb yn gwybod nawr!'

Rhedodd Cassie'r holl ffordd adre, a chyrraedd ei hystafell wely'n un swp o chwys a dagrau. Wrth lwc, doedd ei mam-gu ddim yno; allai hi ddim wynebu ei chwestiynau caredig.

Rhwygodd y garden San Ffolant yn ddarnau mân a'i lluchio i'r bin. Dechreuodd ei dagrau gilio wrth i'r casineb wreiddio yn ei chalon. Byddai Stacey Louise a Dewi Gibson yn talu am hyn . . .

Ieuan – 2000

'Oi! Griffiths! Dal y bêl, wnei di?' gwaeddodd Mr Jenkins, yr athro Ymarfer Corff, arno'n ddiamynedd.

Roedd Ieuan yn casáu ymarfer corff, yn casáu rygbi a phêl-droed, ac yn casáu'r ffaith bod yn rhaid iddo gymryd rhan yn y *shit* yma bob wythnos. Roedd e'n crap am wneud chwaraeon, felly beth oedd y pwynt? Byddai'n lot gwell petai Mr Jenkins yn caniatáu iddo gael gwersi drama ychwanegol gyda'i hoff athrawes,

Miss Mainwaring, yn lle cwrso ar ôl rhyw bêl bathetig yn yr oerfel.

Roedd ei fam wedi ysgrifennu llythyr i ofyn a fyddai modd iddo gael ei esgusodi o'r artaith yma, ond roedd y prifathro wedi gwrthod. Ac ers y llythyr hwnnw, roedd Mr Jenkins wedi'i dargedu fe'n fwy fyth, oedd yn gwbl annheg. Wedi'r cwbl, roedd Tewgi Tomos yn llawer gwaeth na fe ar y cae, a doedd e'n cael fawr ddim *stick* gan neb.

'Griffiths, y ffacin moron!' sgyrnygodd Daniel Lewis, un o'i gyd-ddisgyblion yn y Bumed, yn ei glust. 'Os ti'n methu'r un nesa, ti'n *dead meat*!'

Pam oedden nhw wedi'i roi e yn y gôl? Roedden nhw'n gwybod yn iawn bod dim siâp arno. Ac wrth gwrs, pan ddaeth hi'n amser iddo achub y gêm trwy ddal y bêl, methodd yn llwyr, gan lanio'n drwsgl yn y mwd.

Rhedodd Daniel Lewis draw ato'n syth a'i gicio yn ei geilliau. 'Y *poof* diawl! Be sy'n bod arnot ti?' gwaeddodd.

Doedd dim sôn am Mr Jenkins yn unlle – ond rhaid ei fod yn gwylio'r cyfan o rywle.

Ymunodd crônis Daniel yn yr hwyl a'i wthio'n ddyfnach i'r mwd.

'Ti'n *useless*!' poerodd un. 'Pransan ar y llwyfan fel 'set ti'n dduw!' Terimlodd Ieuan y dagrau'n llifo i lawr ei ruddiau budr.

'Bois! Dyna ddigon! Lewis, Jones, Rees! Arhoswch ar ôl i fi gael gair 'da chi!'

Diolch byth, roedd Mr Jenkins yno o'r diwedd. Rhedodd y bois i ffwrdd a'i adael yn gwingo ar y llawr.

Cynigiodd Mr Jenkins ei law i Ieuan a'i helpu i godi ar ei draed. 'Griffiths, ti ddim yn helpu dy hunan yn ponsan rownd y lle fel Little Lord Fauntleroy, ac yn byhafio fel 'set ti'n well na phawb arall. Tria ffitio mewn 'da'r bois, neu fe fydd dy fywyd di'n uffern.'

'Dwi ddim ishe ffitio mewn, syr,' dywedodd Ieuan yn dawel, gan syllu'n herfeiddiol ar yr athro.

'Wel, Duw a dy helpo di 'te,' dywedodd Mr Jenkins, gan ysgwyd ei ben.

Pennod 1

'Allwch chi ddweud wrtha i pryd wnaethoch chi syrthio mewn cariad â Ieuan, a pham?' Syllodd Louisa Brown arni, a'i hedrychiad yn gyfuniad o gydymdeimlad a gwrthrychedd proffesiynol.

Roedd Cassie yn ei helfen – cyfle arall i siarad amdani hi a Ieuan. Byddai'r camddealltwriaeth bach yma gyda'r heddlu'n siŵr o ddiflannu os gallai hi argyhoeddi'r seiciatrydd bod ei pherthynas â Ieuan yn un jonach.

'Wel, o'dd gen i deimladau cryf tuag at Christian Slater, Leonardo DiCaprio a John Cusack yn y gorffennol, ond wrth gwrs, roedd hi'n anodd cwrdd â nhw yn America! Ieuan yw'r actor cyntaf dwi wedi cael perthynas go iawn ag e . . . Mae e'n wahanol i'r actorion Cymreig eraill – ma' Rhys Ifans yn rhy anniben, a Ioan Gruffudd yn rhy berffaith . . . Ond roedd y *fit* rhwng Ieuan a fi'n berffaith. O'n i'n gallu teimlo'r *chemistry* yn syth pan gwrddon ni . . . Roedd 'na gynhesrwydd yn ei lygaid e . . . Fel petaen ni'n dau wedi adnabod ein gilydd erioed. Y teimlad mwya pwerus dwi wedi'i brofi erioed at ddyn . . .'

'Ond wnaeth e ddim gofyn i chi fynd ar ddêt erioed?'

'Wel, do'dd dim ishe iddo neud 'ny. Ro'n ni'n dau'n gallu synhwyro'n bod ni ishe bod 'da'n gilydd . . . Ma' menyw'n gwybod pan ma' dyn yn 'i ffansïo hi . . .'

'Dechreuwch o'r dechrau, Cassie, i fi gael deall eich perthynas yn iawn.'

Dri mis yn gynharach

Gorweddai'r ddau mewn gwely *four-poster* moethus â chynfasau trwchus, gwyn fel y carlwm dros eu cyrff chwyslyd. 'Rwy'n dy garu di . . .' Plygodd drosti, a'i wyneb golygus yn llawn cariad a chwant. 'Rwy'n methu byw hebddot ti.' Cusanodd hi'n dyner ac yn llawn nwyd wrth iddo fodio'i bronnau. Dechreuodd ei dadwisgo'n gelfydd. Roedd hi'n crynu wrth iddo roi ei law ger ei nicer . . .

'Dere, Cassie, w, ma'n nhw'n 'yn disgwyl ni am wyth!'

Pwffiodd Cassie'n ddiamynedd. Beth oedd hwn ishe nawr? Roedd hi wrth ei bodd yn gwylio ffilm ddiweddara Ieuan Bythwyrdd, *The Cornfield of Desire*. Ffilm gyfnod oedd hi, wedi ei gosod yn y bedwaredd ganrif ar bymtheg, a rhoddai ddigon o gyfle i Ieuan arddangos ei ddoniau mewn gwisg rywiol oedd yn gweddu i'r dim i'w ysgwyddau llydan a'i gorff perffaith. Roedd e ar fin tywys Keira Knightley (y Twiglet oedd yn portreadu ei gariad tila yn y ffilm) i'r nefoedd, pan ddaeth Paul, cariad Cassie, i mewn i'r ystafell yn ddiamynedd. Pam 'se fe jyst yn mynd i'r pỳb ar ei ben ei hun? Roedd e'n gwybod ei bod hi wedi bod yn edrych ymlaen ers tro byd at wylio'r DVD yma.

'Ie, wel, cer di! Dwi ddim yn teimlo fel mynd i'r pỳb heno.'

'Ti byth yn teimlo fel mynd! 'Na gyd ti moyn neud yw aros gartre a gwylio Ieuan blydi Bythwyrdd ar y teledu. A ti 'di gweld y ffilm 'na deirgwaith yn y sinema!' Doedd e ddim yn gwybod ei bod wedi mynd ar ei phen ei hun deirgwaith ar ben ei amcangyfrif e.

Cydiodd Paul yn ddilornus yng nghlawr y DVD a

14

darllen ei gynnwys i Cassie: '"Will the dastardly Hubert de Clare destroy the true love between shy farmer's daughter Meg, and handsome local land-owner's son, Gabriel? Starring Ieuan Bythwyrdd and Keira Knightley, *The Cornfield of Desire* is romantic perfection . . ."'

Atebodd Cassie'n ddi-lol: 'Ie, a be sy'n bod ar 'ny? Ti jyst yn genfigennus achos bod Ieuan mor ffit!'

'Dwi jyst yn becso bo ti'n gwastraffu dy fywyd yn gwylio DVDs di-ben-draw o'r Ieuan Bythwyrdd 'ma. Mae'n rhaid i ti fyw yn y byd go iawn, Cassie. Mae'n dechre mynd 'bach yn *sad*!' wfftiodd Paul yn llawn gwatwar.

Doedd hi ddim yn cofio pryd y dechreuodd ei diddordeb yn y seren ffilm o Gymru, Ieuan Bythwyrdd. Dim ond chwech ar hugain oed oedd, e ac roedd e eisoes wedi ymddangos mewn cyfres deledu boblogaidd am arwr milwrol o'r ddeunawfed ganrif, *Son to Fortune*, gan ennill llu o edmygwyr benywaidd a gwrywaidd, yn cynnwys Cassie. Dilynodd hyn gyda rôl flaenllaw mewn fflic *gangster* Brydeinig, *Bang-Bang*, a'i hyrddiodd i enwogrwydd rhyngwladol. Roedd Ieuan yn destun ffantasi glasurol – tal, pryd golau a golygus – ac yn gartrefol mewn gwisg gyfnod neu mewn siwt fodern, siarp. Roedd ganddo wallt syth, euraid a syrthiai dros un o'i lygaid glas, ac wyneb fel angel gan Michelangelo. Oedd, roedd e'n *pretty boy* yn sicr, ond roedd digon o'r rheiny yn Hollywood. Yn ogystal, roedd gan Ieuan y ffactor X, y 'rhywbeth' annelwig yna oedd wedi gwneud Paul Newman yn seren, Steve McQueen mor cŵl a James Dean mor gyfareddol . . .

Roedd Cassie wrth ei bodd yn casglu toriadau o'r papurau newydd a'r cylchgronau am Ieuan: Ieuan gartref yng Nghymru gyda'i fam a'i dad balch; Ieuan yn ei *tux*, fraich ym mraich â'i ffrind gorau, yr actor Jack Ross, yn y BAFTAs; Ieuan yn dathlu Dydd Gŵyl Dewi yn Los Angeles, a Ieuan gyda'i ast o gariad, Serena Lloyd (cyn-gariad bellach, diolch byth!), a'i *labradoodle* ciwt ar y traeth. Cododd Cassie ar ei thraed yn ddiamynedd.

'Stopia nagio fi, wnei di? Dwi'n dod i'r blincin pỳb, ocê?'

Gwenodd Paul gan roi ei siaced amdano cyn ei chusanu ar ei boch. 'Gwd! Dwi'n synnu dy fod ti heb 'y ngorfodi fi i gael *plastic surgery* i edrych yn union fel y boi. Fel y *freaks* 'na welon ni ar Sky pwy nosweth – y mini-Britney a'r Brad Shit erchyll 'na! Talu ffortiwn am lawdriniaeth, ac edrych fel Frankenstein yn y diwedd!'

Chwarddodd Cassie. Y rheswm pam roedd hi wedi cael ei denu at Paul yn wreiddiol oedd oherwydd ei debygrwydd i'w chrysh blaenorol, John Cusack. 'Ie, syniad da – wna i apwyntiad doctor i ti fory!' Cusanodd Paul yn chwareus a'i ddilyn allan o'r ystafell. Byddai cyfle arall i orffen gwylio'r DVD.

Roedd y noson allan yn y pỳb wedi bod yn uffern. Bu raid iddi wrando ar Paul a'i ffrindiau *boring* yn siarad rwtsh drwy'r nos am rygbi, yr iPad diweddaraf a *Strictly Come Dancing*. Ceisiodd hi symud y drafodaeth at Ieuan a'i ddoniau, ond doedd gan neb ddiddordeb. 'Blydi *sell-out*, ' oedd barn Huw, '*poser*' oedd barn Paul, wrth gwrs, a ''bach yn ferchetaidd' oedd barn Catrin. Ffugiodd Cassie ben tost er mwyn cael mynd adre'n gynnar. Yn anffodus, daeth Paul gyda hi, er iddi geisio'i darbwyllo i aros gyda'i ffrindiau. Druan o Paul, meddyliodd, wrth iddo fynd trwy ei *repertoire* rhywiol arferol. Ei syniad e o *foreplay* oedd *chicken kebab* o'r siop tsips ar y ffordd adre, a bwnshyn llipa o chrysanths tshèp o Tesco. Doedd dim drwg mewn cael ffantasïau am ddynion eraill, oedd e . . .?

Wrth i Paul chwyrnu'n dawel wrth ei hochr, caeodd Cassie ei llygaid a breuddwydio am wely *four-poster* a Ieuan a hithau'n gwneud iddo ganu. Oedd, roedd hi'n 36 oed, ond roedd hi'n dal i edrych yn ifanc. Ocê, doedd hi ddim yn *stunner* fel Megan Fox (oedd yn serennu yn y ffilm *gangster* gyda Ieuan), ond doedd hi ddim yn *minger* chwaith. Roedd hi'n flonden eithaf siapus, a wyneb deniadol ganddi (gyda chymorth coluro celfydd). Roedd hi'n meddu ar bersonoliaeth go danbaid a ystyrid yn or-bwerus gan bobl lai cegog. Roedd hi'n is-gynhyrchydd teledu ar raglen gylchgrawn o'r enw *Celf yn Unig*, ac addolai wrth allor cylchgronau *Heat* a *Grazia*, a gwefannau selébs fel *perezhilton.com*, *TMZ* a *Go Fug*.

Hi oedd y gyntaf yn y swyddfa â'r *goss* diweddaraf o fyd y selébs a'r cyfryngau. Doedd neb allai ei churo o ran gwybod pwy oedd Jennifer Aniston yn ei snogio, gwisg wallgof ddiweddaraf Lady Gaga ac wrth gwrs, prosiectau ffilm arfaethedig Ieuan Bythwyrdd. Gobeithiai y gallai freuddwydio am Ieuan unwaith eto heno. Roedd hi'n ceisio'i hyfforddi ei hun i freuddwydio amdano cymaint ag y gallai. I helpu'r achos, cydiodd yn ei iPhone ac edrych ar y llun o Ieuan roedd hi wedi ei safio ar y sgrin. Roedd ei lygaid glas, glas yn mudlosgi arni, ac edrychai'n boenus o olygus mewn llun stiwdio o *The Cornfield of Desire*. Bwrodd un olwg arall ar ei

gyfrif Twitter. Roedd e newydd ddymuno 'nos da' i'w
ffans. Teipiodd 'Nos da, cariad' ato a deg sws, ac yn
raddol bach, syrthiodd i drymgwsg bodlon.

'Dyma lle rwyt ti'n cuddio, 'mechan i . . . Alli di ddim
dianc nawr!'

O na, roedd Hubert de Clare, y diawl dan-din o'r
tŷ crand ar ystâd ei deulu, ar ei hôl hi! Roedd e'n
olygus mewn rhyw ffordd ddieflig – fel Billy Zane yn y
ffilm *Titanic* – yn bryd tywyll, a chanddo fwstás mawr
cyrliog, gwên greulon a llygaid gwyrdd oeraidd, caled.
Sylweddolodd Cassie ei bod hi'n sefyll yng nghanol cae
ŷd heb dŷ nac adeilad yn agos iddi gilio iddo. Roedd
hi'n gwisgo betgwn fawr a'i gwallt yn llifo'n don o aur
i lawr dros ei hysgwyddau.

Ceisiodd redeg oddi wrtho, ond baglodd dros ei
betgwn. Syrthiodd i'r llawr, a chwarddodd Hubert wrth
blygu drosti. 'Pam wyt ti'n ceisio dianc, fy nghariad i?
Ti'n gwybod mai fi piau ti.'

Mwythodd Hubert ei hwyneb yn arw, a gwingodd
Cassie mewn poen. 'Gad fi'n rhydd, Hubert! Nid ti wy'n
ei garu!'

Crechwenodd Hubert. 'Pryd wyt ti'n mynd i ddeall
nad yw'r ffŵl Gabriel yna'n mynd i dy achub di'r tro
'ma? Mae'r *militia* ar ei ôl e, a bydd e yn y carchar am
weddill ei oes – os na cheith e'r grocbren . . .'

'Na! Hubert! Ti'n dweud anwiredd! Fydde Gabriel
byth yn 'y ngadael i! Mae e wedi addo!'

Ochneidiodd Hubert wrth ei thynnu tuag ato. 'O,
Cassie ffôl! Mae e wedi dy dwyllo di . . . Dy swyno di

hefo'i addewidion gwag i gael meddiannu dy gorff di . . .'

Ac wrth iddi ddechrau llesmeirio mewn ofn, clywodd lais Ieuan yn taranu wrth i gorff Hubert gael ei lusgo oddi arni. 'Dwi'n amau dy fod ti'n anghywir, de Clare!' a rhoddodd Ieuan ddyrnod go dda i'w elyn nes i hwnnw lanio'n swp ar lawr. Gafaelodd Ieuan ynddi'n dyner. 'Wnaeth e dy frifo di, f'anwylyd?' Mwythodd ei hwyneb yn gariadus, gan sychu ei dagrau hefo'i fysedd.

'Na, dwi'n iawn,' gwenodd hi arno, a'i chariad yn treiddio trwy ei llygaid. 'Nawr dy fod di yma . . . Mi wnest ti fy achub i . . .'

Cododd Ieuan hi ar ei thraed ac edrych i fyw ei llygaid. 'Mi wna i wastad ddod i dy achub di, Cassie, mi wyddost hynny.'

Ond yna roedd Hubert wedi codi ar ei draed fel wenci o gyflym, a'i gleddyf yn barod.

'Gabriel, y diawl, fy menyw i yw Cassie!'

Trodd Ieuan i'w wynebu ac ysgwyd ei ben yn ffyrnig, gan dynnu ei gleddyf yntau o'r wain. 'Byth, de Clare!'

Gwyliodd Cassie wrth i'r ddau ymladd yn fedrus, a'u cleddyfau'n tasgu yng ngolau'r lleuad. Ond ymhen eiliadau, cafodd de Clare ei drywanu yn ei fron, ac roedd Ieuan yn ei gwasgu hi'n dynn at ei fynwes. 'Fy nghariad i, rwyt ti mor welw ag ysbryd.' Simsanodd Cassie yn ei freichiau. 'Bydd cusan yn foddion digonol dwi'n meddwl,' sibrydodd wrtho.

Ond fel roedd e'n dechrau ei chusanu, daeth sŵn aflafar tylluan i darfu ar hud y foment. Trodd Ieuan a Cassie i edrych ar yr aderyn swnllyd yn hedfan uwch eu pennau – doedd dim pall ar ei hwtian.

'Cassie! Cassie! Mae larwm dy ffôn 'di bod yn canu

ers ache!' Prociodd Paul ei hystlys yn ddiamynedd. 'Tro fe off, wnei di? Mae'n hen bryd i ti godi.' Pwffiodd Cassie'n ddiflas wrth lusgo'i chorff i'r ystafell ymolchi. O'i blaen roedd diwrnod arall undonog yn y gwaith – blydi grêt!

Dri mis yn ddiweddarach

Roedd Inspector James wedi cael diwrnod caled. Achos o yfed a gyrru ym Mhontcanna, cyfres o ladradau yn y Bae, a nawr, hyn – ymosodiadau difrifol ar ddau seléb. *Shit*! Doedd dim gobaith 'da fe fynd adre'n gynnar heno, a fyddai'r wraig ddim yn hapus. Edrychodd ar Ieuan Bythwyrdd, y seléb oedd yn crynu o'i flaen. Yffach, ife hwn oedd 'dyn mwyaf rhywiol Cymru'? Roedd golwg y diawl arno – ei fraich mewn rhwymyn, ei wallt yn debyg i wallt bwgan brain, cylchau mawr duon o dan ei lygaid pŵl, a'i groen yn dangos sawl ploryn anffodus. Hongiai ei ddillad oddi amdano, a chrynai ei law wrth iddo ofyn, 'Alla i gael sigarét?'

'Sori mêt, bydd raid i chi fynd tu fas os y'ch chi'n moyn un . . .'

Nodiodd Ieuan yn ufudd gan ochneidio'n ddwfn ac aros ar ei eistedd. Tywalltodd ddŵr o'i wydryn dros y bwrdd wrth geisio'i godi i'w geg. Gwenodd James arno mewn cydymdeimlad; gwell iddo fod yn neis wrth yr *himbo* yma neu fe fydde fe yma trwy'r nos.

'Dwi'n deall eich bod chi wedi cael profiad echrydus, Mr Bythwyrdd, ond mae'n bwysig i ni wybod beth yn union ddigwyddodd. Pryd ddaethoch chi'n ymwybodol o'r ffaith fod gennych chi stelciwr?'

Dechreuodd Ieuan ffidlan gyda'i oriawr gostus.

'Wel, dwi'n cymryd taw hi oedd yn danfon negeseuon di-ri i fi ar Twitter . . .'

'Beth am ddechre o'r dechre, ife?'

Sychodd Ieuan ddeigryn o'i lygad a dechrau ar ei stori.

Tri mis yn ôl – Ieuan

Edrychodd Ieuan ar ei adlewyrchiad yn y drych. Oedd, roedd y *top-up* bach o *botox* gafodd e yr wythnos ddiwethaf wedi gwneud y tric. Er ei fod yn dal yn ifanc, roedd amser yn tipian yn ei flaen, actorion iau nag ef yn codi yn ffurfafen y sêr, a'r gystadleuaeth yn ffyrnig. Roedd yna wastad rhyw dwat o RADA, neu'r Central, neu hyd yn oed Coleg Drama Caerdydd, yn meddwl eu bod nhw'n gallu dwyn eich *limelight* chi. Roedd pryd a gwedd yn holl bwysig yn y gêm yma – os nad oeddech chi'n actor 'cymeriad' fel Michael Sheen neu Rhys Ifans, wrth gwrs. Roedd e'n genfigennus iawn ohonyn nhw. Dau actor o Gymro ar ben eu gêm, yn arbennig Sheen – 'Iesu Grist Port Talbot' bellach. Doedd y boi'n ffaelu gwneud dim o'i le! Ond nid yn eu herbyn nhw roedd e'n cystadlu. Sylweddolai ei fod wedi ei stereoteipio fel yr 'hync' neu'r 'arwr' yn ei rannau ffilm, ac mai merched oedd ei ffans yn bennaf (yn ogystal â'r gymuned hoyw). Dyna pam roedd e yn y *gym* bum gwaith yr wythnos ac yn gwario ffortiwn ar y *botox*, y *facials* a'r steilio gwallt tragywydd yn salon James Brown.

Cofiai'r stori a ddywedodd Felix, ei asiant, wrtho am fod yn seren. Roedd Dustin Hoffman ei hun wedi ei rhannu hefo Felix. Ar ddechrau'ch gyrfa, maen nhw'n gofyn, 'Pwy yw Dustin Hoffman?' Wedyn maen nhw'n dweud, 'Dwi ishe Dustin Hoffman'. Yna, wrth i'ch gyrfa gyrraedd yr entrychion, 'Dewch ag actor fel Dustin Hoffman i fi'. Ond pan mae'ch enwogrwydd yn cilio, maen nhw'n gofyn unwaith eto, 'Pwy yw Dustin Hoffman?' Roedd honno'n wers bwysig i'w chofio.

Roedd yna bob amser rywun yn aros i chi syrthio oddi ar yr *A list*. Yn ei achos e, Rhun Lewis, y *Welsh Wonder* diweddaraf, oedd hwnnw. Y ddraenen newydd yn ei ystlys. Yn un ar hugain oed, newydd raddio o RADA, ac ef oedd y *flavour of the month* newydd yn y wasg. Roedd Rhun yn *edgy*, ac eisoes yn chwarae rhannau tywyll, heriol ar Channel 4 ac yn y theatr. Y llynedd, enillodd y diawl bach wobr Olivier am ei ran fawr gyntaf! Oedd, roedd e'n olygus iawn – cochyn senstif yr olwg, wedi modelu i Urban Outfitters, a bron mor olygus â Ieuan. Ond roedd e'n dal yn ifanc a heb eto harneisio'i bwerau'n llawn. Gwenodd Ieuan wrth feddwl am ysgwyddau llydan Rhun a'i lygaid mawr gwyrdd. Trueni bod y ffycar bach mor olygus – roedd yn anodd iawn ei gasáu e.

Roedd e hyd yn oed wedi cael ei enwebu yn yr un categori â Ieuan yn y BAFTAs heno – am yr actor gorau mewn cyfres ddrama. Dyma drydydd enwebiad Ieuan. Doedd e heb ennill o'r blaen, er iddo ddod yn agos y llynedd am ei ran arwrol yn fersiwn newydd y BBC o glasur H. G. Wells, *The Time Machine*. Ond na, bu'n rhaid rhoi'r wobr i ryw hen rech o actor oedd yn nesáu at ei wely angau, rhag iddynt gael eu beirniadu am ei esgeuluso cyn iddo gicio'r bwced. Blydi hel! Roedd y golled yn dal i wneud iddo wingo. Ond heno, roedd pethe'n argoeli'n dda. Roedd Felix wedi bod yn canfasio'r bobl bwysig ac wedi clywed bod siawns dda 'da fe. Roedd e wedi ennill ei le ym mhantheon y BAFTAs erbyn hyn, doedd bosib? Unwaith y byddai'n ennill gwobr BAFTA, mater hawdd wedyn fyddai symud ymlaen at y dyn bach aur, y Greal Sanctaidd – yr Oscar.

Oedd, roedd e wedi chwarae rhannau cachu yn y gorffennol – treuliodd chwe blynedd o'i lencyndod mewn drama gomedi sefyllfa Gymraeg, ffor ffac's sêcs! Dyna uffern oedd hynny, ond llwyddodd i gael ei garden Equity o'i herwydd. Ei slymio hi mewn straeon ffug-ddoniol am fab yr ysgoldy a'i deulu estynedig gwallgof. Am ddrama! Ond yna, llwyddodd i ddianc o grafangau'r cyfryngau Cymreig a chael lle i astudio yng Ngholeg Rose Bruford. A dyna ddechrau ei fywyd go iawn.

Cafodd ei 'sbotio' gan asiant yn ei berfformiad mawr cyntaf fel Hamlet yn y coleg. Wrth gwrs, roedd yr asiant eisiau *guided tour* o gynnwys ei bants, ond roedd honno'n aberth werth ei gwneud i gael cyfle i ddringo'r ysgol. Yna cafodd ran fechan ond tyngedfennol yn ffilm blocbystar y dydd, *Starburnt Cloud*, oedd yn adrodd hanes cymuned o arloeswyr cynnar yn yr America fodern. Ef oedd arweinydd pobl ifanc y grŵp, a phawb yn dotio arno nes iddo fod yn dyst i weithred anllad a fygythiai chwalu eu byd bach clyd yn rhacs. Cafodd y cyfryngau eu hudo gan ei berfformiad, yn enwedig ei olygfa gwely angau, a ddaethai'n greulon o gynnar. 'Welsh Rarebit!' crechwenodd y *Star*. 'Taffia Boss!' sgrechiodd y *Sun*, a'i hoff bennawd gan y *Mirror*, 'A PhwoAR is born!' A dyna hi – ei foment fawr. Roedd e wedi cyrraedd.

Wedi hynny, daeth y rhannau i mewn yn rhuthr gwyllt – rhannau hanesyddol arwrol yn bennaf, ac ambell ran *gangster* (ond wrth gwrs, y *gangster* ifanc sensitif mewn gwewyr meddwl yn ymladd yn erbyn yr hen drefn). A'r arian! Erbyn ei ben-blwydd yn 22 oed, roedd ganddo dros filiwn o bunnau yn y banc . . . Ond gwyddai y gallai'r seren bylu os na fyddai'n cadw'i lygad ar bethe. Diolch byth bod ei *look* ef – sensitif ond arwrol – mewn ffasiwn ar hyn o bryd, a'i ffans yn glafoerio drosto'n fwy nag erioed, er gwaethaf bygythiad y twat gwelw 'na o'r ffilmiau *Twilight*.

Edrychodd ar ei gyfrif Twitter a sylwi ar y negeseuon di-ri. '*Go*, Ieu!' 'Dwi'n dy garu di Ieu!' 'Ieu am y BAFTA!' Gwenodd wrtho'i hun. Roedd ganddo dros filiwn o ddilynwyr erbyn hyn. Dim cymaint â Stephen Fry, ond mwy o lawer na Rhun – roedd hwnnw'n dal i fod o gwmpas y 300,000. Roedd cwpl o'r ffans yn ei ddilyn i bob man ac yn gadael negeseuon di-ri, yn arbennig @mrsbythwyrdd. Hi oedd yr *über-fan*, yn danfon o leiaf ddeg neges y dydd. Doedd e ddim yn ateb ei chwestiynau – wel, doedd e ddim yn awyddus i gael stelciwr yn ei gwrso. A mwy na thebyg ei bod hi'n salw ar y diawl. Roedd y ffaith ei bod yn defnyddio'i wyneb e fel afatar yn awgrymu hynny. Na, gwell cadw'r *saddos* yma hyd braich. Roedd e'n dal i gofio beth ddigwyddodd i Jill Dando, druan. Tynnodd lun ohono'i hun yn ei siwt Armani a'i bostio ar Twitter gyda symbol :) – byddai hwnna'n rywbeth iddyn nhw wanco drosto am dipyn. Druan ohonyn nhw, y ffans. Yn fendith ac yn felltith . . .

Roedd y *paparazzi* hefyd yn felltith, er bod y sylw a gâi yn y wasg yn fendith gan amlaf. Roedden nhw'n ei ddilyn i'r *gym*, yn aros tu allan i'r fflat ac yn chwilota trwy ei fin sbwriel byth a beunydd. Cafodd fwynhad mawr o daflu bwydydd afiach i'r bin – hen fwyd tecawê drewllyd ac, ar sawl achlysur, pwps Olivier, ci bach *labradoodle* ei gyn-gariad, Serena – i ddysgu gwers i'r taclau. Ond fel dywedodd y seren fyd-enwog, Joan Collins, wrtho yn swper Gwobrau'r *Evening Standard* y llynedd, pan dy'n nhw ddim yn dy ddilyn di, dyna pryd mae'n rhaid i ti fecso.

Bodiodd Ieuan ei siaced *tuxedo* Armani yn falch. Roedd hi ar fenthyg, yn naturiol, er mwyn iddo'i dangos ar y carped coch heno – *midnight blue*, yn wahanol i siwtiau pawb arall, oedd fel arfer yn ddu. Roedd e wedi cael sicrhad gan Giorgio ei hun mai fe oedd yr unig un fyddai'n modelu hon heno. Tasgodd ei *signature scent*, boy/girl, ar ei ên a'i fochau a thacluso'i dici-bô. Gwisgodd ei *cufflinks* Prada amdano'n ofalus (anrheg oddi wrth Serena) a thywallt gwydraid o wisgi Brycheiniog iddo'i hun. (Cawsai gyflenwad blwyddyn o'r ddiod yn rhad ac am ddim wedi iddo gymryd rhan yn ymgyrch farchnata'r cwmni'n ddiweddar.) 'A smooth, deep and dark Welsh experience', oedd y llinell fachyn, a chynyddodd gwerthiant y wisgi'n sylweddol – yn enwedig yn yr UDA, lle'r oedd ganddo ffans niferus oedd wrth eu bodd ag unrhyw beth Cymreig. Wel, os oedd George Clooney'n gallu gwerthu coffi, doedd dim o'i le ar y peth, nag oedd?

Daeth cnoc ar y drws – mae'n rhaid mai Kelli, ei *Girl Friday*, oedd yno. Hi oedd ei PA, yn edrych ar ôl ei ddyddiadur a'i fywyd yn gyffredinol. Roedd hi'n gwd *shag* hefyd ac yn deall y sgôr – nad oedd hi'n gariad iddo – ond roedd hi wastad yno pan oedd angen rhyddhad arno.

'Mae e ar agor!' gwaeddodd, wrth afael yn ei iPhone a chymryd un cipolwg arall ar ei adlewyrchiad yn y drych.

Cerddodd Kelli i mewn. 'Cadwa'r drws ar glo, wnei di Ieu?' dwrdiodd. ''Smo ti'n gwybod pwy sy'n hongian o gwmpas tu fas . . .'

'Be, yn y Grosvenor?' wfftiodd Ieuan.

Roedd e'n aros dros nos yn y gwesty lle'r oedd y BAFTAs yn cael eu cynnal. Am £1,000 y noson am yr *executive suite*, doedd e ddim yn disgwyl y byddai unrhyw *riff-raff* o gwmpas. Edrychodd ar Kelli. Chware teg, roedd hi wedi gwneud ymdrech, ond dim digon i dynnu'r sylw oddi wrtho fe. Roedd hi'n deall y gêm. Gwisgai ffrog *flapper* arian a llifai ei gwallt aur yn don o gyrls i lawr ei chefn. Tynnodd hi tuag ato cyn ei chusanu'n chwantus, a stwffio'i fysedd i mewn i'w nicer.

Gwichiodd Kelli mewn pleser. 'Stopa hi, Ieu, 'sdim amser 'da ni!'

'Ma' 'na wastad amser!' gwenodd Ieu cyn ei chario at y gwely.

'Ieu! Draw fan hyn, Ieu!' Roedd y *paparazzi* fel pla o lygod ffyrnig ar y carped coch. Llaciodd Ieuan ei afael ar wast Kelli a deallodd hithau'n syth, gan symud i'r naill ochr. Ei noson e oedd hon, a doedd e ddim eisie neb arall yn y siòt. 'Tri chynnig i Gymro heno, Ieu?' Gwenodd Ieuan heb ateb y ffycars. Am *cheek*, yn cyfeirio at ei golledion yn y gorffennol. Sylwodd trwy gil ei lygaid fod Rhun Lewis wedi cyrraedd. Doedd neb gyda fe'n gydymaith ar y carped coch – *schoolboy error*. Cerddodd draw at Rhun a gwenu arno. Yffach, roedd e'n edrych yn olygus heno, yn yr un siwt ag e, ond mewn defnydd llwyd tywyll. Gwenodd arno, gan ddweud o dan ei anadl, 'Credu bo' nhw ishe llun, boi.' Gosododd Ieuan ei fraich yn frawdol o gwmpas ysgwydd Rhun. Doedd e ddim ishe i'r ffycar bach gael lluniau unigol ar y carped coch. Clic, clic, clic!

'Drinc nes 'mlan?' holodd e Rhun, gan syllu arno'n herfeiddiol. Roedd ei *gaydar* fel arfer yn *spot-on*, a sylwodd yn syth ar y gwrid ar ruddiau'r actor ifanc.

'Ie, grêt,' atebdd hwnnw, a gwenu'n swil ar Ieuan. *Ooof*! Roedd e'n bishyn bach ffit!

'Pob lwc heno,' gwenodd Ieuan eto, gan ysgwyd ei law. Os byddai hwn yn ennill, byddai yffach o le yma. Trodd at Kelli a gafael yn ei llaw, a gadael Rhun yn sefyll yn stond yn ei unfan, wedi'i syfrdanu gan ei garisma, mae'n rhaid. Reit, lle'r oedd y bar?

Edrychodd Ieuan yn ddiamynedd ar ei oriawr Rolex. Er mwyn dyn, roedd y noson yn llusgo! Wedi swper llugoer o gig eidion a *crème brûlée*, roedd e'n methu aros i gael derbyn ei wobr. Pam oedd y BAFTAs diawl yn cadw gwobr yr actor gorau tan y diwedd? Roedd hi'n fwrn gorfod gwrando ar y litani o wobrau dibwys i'r dyn camera gore, y person colur, y person sain ac yn y blaen hyd syrffed. Gwisgai ei wên ffug arferol ar gyfer seremonïau o'r fath, a sbecian ar ei ffôn nawr ac yn y man i weld beth oedd yn digwydd ar Twitter. Neges arall gan @mrsbythwyrdd: 'Ti'n edrych mor secsi yn dy Armani Ieu. #ieumorffit'. Gwenodd wrtho'i hun a chiledrych draw at y bwrdd lle'r eisteddai Rhun. Roedd yn rhaid iddo gyfaddef ei fod yn ffansïo'r twat bach. Ar ôl y seremoni, byddai'n mynd ato eto i wneud yn siŵr i ba gyfeiriad roedd y gwynt yn chwythu. Wel, roedd siawns go dda y byddai'n hoyw neu'n *bi*, o leia – wedi'r cwbl, actor oedd e. Ac roedd e'n sicr wedi teimlo rhyw *vibe* ar y carped coch gynnau . . .

'Stopa hi, wnei di?' mwmiodd Kelli o dan ei hanadl.

'Be?' Gwenodd Ieuan arni'n ddiniwed.

'Llygadu Rhun fel 'na,' neddai Kelli'n bwdlyd.

'Wel, cofia'r hen ddywediad: "Cadw dy elynion yn agos . . ."'

Giglodd Kelli. 'Ti'n meddwl bydde fe'n ffansïo *threesome* bach?'

Gafaelodd Ieuan yn ei wydryn a llwyddo i ddal llygaid Rhun. Cododd ei wydryn mewn llwnc-destun i'r actor ifanc, a gwenodd Rhun arno. A'r tro hwn roedd y fflach o chwant yn amlwg yn ei lygaid. Wrth gwrs ei fod e'n ei ffansïo! Fe oedd Ieuan Bythwyrdd! *Wales's Sexiest Man 2011*! A *runner-up* yn rhestr Bachelor of the Year *Cosmo* 2009! Damo'r Matthew Rhys 'na am ennill honno.

'Gawn ni weld.' Doedd e ddim wir ishe Kelli'n rhan o'i noson gyda Rhun. Roedd hi'n gallu bod yn *demanding* iawn rhwng y cynfasau.

Llowciodd Ieuan ei siampên yn awchus gan syllu ar wefusau llawn Rhun. Roedd e'n debyg i Brad Pitt ifanc, cyn i Angelina gael ei chrafangau ynddo a sugno'r pishyndod mas ohono fel rhyw Nosferatu mewn Dior. Oedd, roedd Rhun jyst ei deip e. Ddim yn hir i aros nawr . . .

'Ac enillydd y wobr am yr actor gorau . . .'

Safai ei *ex*, Serena Lloyd, ar y llwyfan i gyhoeddi'r buddugwr. Perffaith! Ni allai fod wedi llwyfannu hyn yn well petai e wedi sgriptio'r cyfan ei hun. Byddai hi Serena'n eiddigeddus bost o orfod cyflwyno'r wobr BAFTA iddo! Roedd e a Serena wedi mwynhau perthynas danbaid rhyw flwyddyn yn ôl, a honnno wedi para am chwe mis. Fe gwrddon nhw ar set rhyw ffilm uffernol, *Myfanwy*, a saethwyd gyda chyfarwyddwr Cymraeg newydd (roedd e'n gorfod gwneud ambell i ffilm Gymreig nawr ac yn y man i gadw'r prôls yn hapus a chynnal ei broffil yng Nghymru). Ond roedd *Myfanwy* yn hen stincar o ffilm – ffilm gyfnod, yn naturiol, wedi ei lleoli yn Llundain adeg y Rhyfel Byd Cyntaf. Ieuan oedd y milwr arwrol yn gwella o'i anafiadau mewn ysbyty milwrol, a Serena oedd Myfanwy, y *lady of the manor* oedd yn gofalu amdano. Taflwch ŵr cas i mewn i'r *mix*, a pherthynas odinebus rhwng Myfanwy a chymeriad Ieuan, a dyna hi. Fe wnaeth hi arian eithaf teidi yn y swyddfa docynnau, er i'r twlsyn o adolygydd yna yn y *Guardian* ddweud: 'Bythwyrdd goes through his usual heroic, stiff upper lip motions, turning out a performance as stuffy, starched and fake as his immaculate uniform.'

Bu Serena ac yntau'n llenwi tudalennau'r papurau tabloid am fisoedd. Cafwyd erthyglau rif y gwlith am eu gwyliau yn Mauritius (fe wnaethon nhw'n siŵr eu bod nhw'n gwisgo'u dillad nofio newydd Prada wrth fwynhau gogoniannau'r ynys, gan fod *paparazzi* yn cuddio ym mhob cilfach), eu gobeithion am y dyfodol, a lluniau o'u fflat newydd (roedd rhyw ddiawl wedi gwerthu'r lluniau iddyn nhw am gildwrn). Yna wrth gwrs, yn dilyn y tor-perthynas, cyhoeddwyd lluniau llai ffafriol o Serena'n crio wrth iddi symud allan o'r fflat adeg y Nadolig gyda'i chi bach, Olivier – y *casualty of war*, chwedl y *Mail* – yn syllu'n drist ar y pentwr cesys Louis Vuitton ar y palmant, pan oedd Serena'n aros am *limo* i'w chludo hi ac Olivier oddi yno. Ond wnaeth y tor-perthynas ddim effeithio ar boblogrwydd Ieuan – yn wir, roedd ei ffans yn hapus iawn, yn enwedig @mrsbythwyrdd, a'i canmolodd am orffen gyda'r '*bimbo* hyll 'na.'

Roedd Serena'n edrych yn ddel iawn heno, chwarae teg iddi. Roedd hi wedi cael gwared o'r gwallt pinc afiach, a heno gwisgai ei gwallt naturiol euraid mewn *bob* oedd yn ei atgoffa o Chanel. Wrth gwrs, roedd hi newydd saethu ffilm gyda Tim Burton, a osodwyd yn y 1920au ym Mharis. Falle y gallai Serena ymuno â Rhun ac yntau wedyn? Na, falle ddim – roedd gormod o Evian wedi mynd o dan y bont. Roedd Serena'n *high-maintenance* tu hwnt, yn dwlu ar gocên a siampên, ac yn ymddwyn yn bwdlyd a babïaidd os na châi ei ffordd ei hun. Daethai eu perthynas i ben pan gyrhaeddod Serena'n ôl yn gynnar o *shoot* a dal Ieuan yn y gwely gyda phorthor y gwesty. Wel, roedd e'n lico 'bach o *rough* weithie . . .

Dere 'mlaen, Serena fach! Siapa lan! Pwffiodd Ieuan o dan ei anadl wrth aros iddi ddarllen trwy restr yr actorion a enwebwyd: fe, wrth gwrs, Rhun, a dau hen stêjar o ddramâu diflas Jimmy McGovern lle'r oedd dynion di-waith yn dyrnu eu gwragedd blinedig. Plîs, plîs, plîs, roedd yn rhaid iddo ennill y tro hwn. Ffugiodd ddiddordeb wrth wylio clipiau'r actorion eraill cyn gwylio'i glip yntau. Jiawch! Roedd ei glip e'n bwerus iawn. Wrth lwc, dewisodd mwncis BAFTA yr olygfa orau o *A Tale of Two Cities*, lle'r oedd e'n traethu ei araith enwog yn wynebu'r grocbren. Doedd bosib y gallai neb wneud yn well na hynny. 'It is a far, far better thing that I do, than I have ever done . . .' Roedd hyd yn oed y beirniad cachu yna yn y *Guardian* wedi cydnabod bod ei berfformiad 'bron mor bwerus â Dirk Bogarde yn ei flodau'.

'Ac mae'r BAFTA yn mynd i . . . Charlie Edmunds!'

O, ffor ffac's sêcs! Ffliciodd Ieuan swits ei 'wyneb colli', gyda gwên ffug ddiymhongar, a chlapio'n siriol gan regi'n chwerw y tu mewn. Charlie Edmunds! Roedd e wedi dioddef o ganser y ceilliau y llynedd, ac wedi bod yn hwrio'i hun yn y wasg yn ben-moel am fisoedd gan baldaruo am ei *chemo* bob whip stitsh. Mae'n amlwg mai dyna'r rheswm pam yr enillodd heno. Doedd y rhan a chwaraeodd yn y gyfres ddiflas honno ar Channel 4, *The Block*, am sgym y brifddinas yn llosgi siopau a chodi terfysg, ddim yn ddigon da i ennill BAFTA Cymru, heb son am BAFTA go iawn.

Cusanodd Kelli ef yn ysgafn ar ei foch ac edrychodd Ieuan draw at Rhun, oedd yn ymarfer ei 'wên golli' yntau. Cododd ei aeliau arno, gan amneidio'i ben at y bar. Cododd ar ei draed a gwenu wrth weld Rhun yn codi'n ufudd a'i ddilyn. O, wel, o leiaf byddai'n cael gwobr gysur heno . . .

Pennod 2

Cassie

Eisteddai Cassie wrth ei desg fechan yn swyddfa Galles TV â chwpanaid o goffi cryf yn ei llaw. Prin y cysgodd winc y noson cynt am iddi wylio'r BAFTAs tan berfeddion. Roedd ei chalon yn ei gwddf trwy'r adeg, wrth aros i weld a fyddai Ieuan yn ennill y tro hwn. Bu bron iddi gael harten wrth ei weld ar y carped coch ar y ffordd i mewn i'r seremoni, yng nghwmni rhyw slagen o flonden mewn ffrog echrydus. Ond wedyn cofiodd ddarllen yn *Elle* taw PA Ieu oedd hi, nid ei gariad. Doedd neb go iawn wedi bod yn ei fywyd ers iddo gael gwared o'r bitsh Serena yna. Roedd Cassie'n falch iawn o hynny. Edrychai Ieu yn olygus y diawl yn ei *tux* Armani glas tywyll, a doedd y twat bach yna, Rhun Lewis, ddim yn ffit i lyo'i esgidiau fe. Trueni mawr nad oedd Ieu wedi ennill y BAFTA. Fe ddanfonai neges fach o gydymdeimlad ato ar Twitter nawr: @ ieubythwyrdd – 'Ti oedd yn haeddu'r BAFTA Ieu! Dwi'n dal i dy garu di! Ti yw No. 1! xxxx #ieuncaelcam'.

Gydag awch, mewngofnododd i'w hoff wefan, *Astronet*, i ddarllen ei horosgop personol am y dydd. *Astronet* oedd y wefan orau yn y byd lle'r oedd siartiau cytgord rhamantaidd y *zodiac* yn y cwestiwn. Roedd hi a Ieuan, fel Gemini a Sagittarius, yn cyd-fynd yn berffaith. Aer a thân . . . O, ie, dyna hi, 'Psychic Sue, what today holds for you'. Roedd Sue yn debyg iawn i Iola Gregory yn ystod ei chyfnod fel Mrs Mac ar *Pobol y Cwm*, ond gwisgai sgarff sipsiwn am ei phen hefo darnau arian yn hongian oddi arni. Bu'n astrolegydd i'r Dywysoges Diana yn ei dydd, felly roedd hi'n amlwg yn deall ei stwff. Fel y dywedai ei bywgraffiad ar y wefan, 'Roedd gan Sue deimlad annifyr yn ei bol pan ddywedodd Diana wrthi ei bod yn bwriadu cael gwylie ym Mharis. Ond er ei rhybuddion, yn anffodus, daeth diwedd trasig i Dywysoges y Bobol . . .'

Erbyn heddiw, roedd Sue yn astrolegydd personol i sêr fel Jordan a Mark Wright o *TOWIE* gynt. Am bumpunt yr wythnos, roedd ei chyngor yn amhrisiadwy. Darllenodd Cassie eiriau Sue ar gyfer Gemini yn frwd: 'Rwyt ti'n agosáu at gyflawni breuddwyd oes. Bydd cyfarfod gwaith pwysig yn newid popeth. Wyt ti'n barod i fentro?' Ond wrth iddi ddechrau pendroni dros y geiriau doeth, taflodd Fiona, ei chydweithwraig flonegog, nodyn ar ei desg yn sbeitlyd. Gyda symudiadau cyflym yr euog, diffoddodd Cassie dudalen Astronet ar ei chyfrifiadur ac agor ffeil waith yn ei lle.

Gwenodd Fiona arni'n faleisus. 'Nodyn wrth y bòs, Jones. Be wyt ti wedi ei wneud nawr, gwed?'

Anwybyddodd Cassie yr ast a'r nodyn nes i Fiona synhwyro'i bod hi'n bryd iddi ddychwelyd at ei desg. Darllenodd Cassie'r nodyn. 'Fy swyddfa i, 11.30a.m. Edward'. *Shit*! Pam nad oedd y twlsyn yn defnyddio e-bost fel pawb arall? Newyddiadurwr *old school* oedd Edward, pennaeth y swyddfa, ac anaml iawn y byddai'n trafferthu gydag e-bost. Roedd yn hoffi gadael ei 'nodiadau' ar ddesgiau ei staff, a'r rheiny gan amlaf yn llawn gorchmynion neu feirniadaeth.

'Oi! *Shit for brains*! Dwi heb dderbyn dy syniadau di ar gyfer y gyfres nesa eto.'

Trodd Cassie i edrych ar Fiona, oedd yn cnoi myffin mawr siocled gan syllu ar Cassie fel cath ar lygoden. Is-gynhyrchydd oedd Fiona, fel Cassie, ond gan ei bod wedi bod yn ei swydd ers oes yr arth a'r blaidd, roedd hi'n trin Cassie fel gwas bach; roedd John, ei *side-kick* dieflig yn y swyddfa, yr un mor bitshi a nawddoglyd.

'Mae hi'n rhy brysur yn dicio o gwmpas ar yr *internet* yn lystio ar ôl y Ieuan Bythwyrdd 'na i wneud stitshen o waith!' dywedodd John yn faleisus. Roedd e mor *camp* nes ei fod yn gwneud i Harry o *TOWIE* edrych yn *macho*.

'Hy! Galli di siarad – ti ar *Gaydar* bob pum munud.' Gwenodd Cassie yr un mor faleisus yn ôl ar John. Blydi crafwr! Ymchwilydd oedd e, ac felly'n fwy israddol na hi yn y swyddfa. Heblaw bod Fiona yno i'w amddiffyn gyda'i deunaw stôn o floneg, fyddai e ddim yn meiddio bod mor ewn.

Cododd John ei ben yn ffroenuchel fel Kenneth Williams, 'Ymchwil, *retard*, ymchwil! Dwi'n gweithio ar broffil arloesol o hoywon ifanc yng Nghymru ar gyfer syniad sy gen i am raglen ddogfen.'

'Wel, bydd e'n *boring* y diawl achos dim ond theori sy gyda ti, ontife, am nag oes neb yn fodlon dy helpu di gyda'r gwaith ymarferol!'

'Wel, dyna be wyt ti'n 'i feddwl. I ti gael gwybod, cwrddes i â bancar rili ffit penwythnos diwetha.'

'Be, o'dd e'n sorto dy *overdraft* di mas, o'dd e?' Chwarddodd Cassie, yn falch o ennill pwyntiau yn yr ornest.

Ond torrodd Fiona ar draws y cecru yn ei thôn mwyaf nawddoglyd. 'Cassie, pan gytunon ni i dy gael di i weithio ar y rhaglen, o'n i'n meddwl y byddet ti'n ymroi cant y cant i'r gwaith. Ble mae'r syniadau gwych yna o't ti'n sôn amdanyn nhw pan ddechreuest ti 'ma? Dwi heb weld un ohonyn nhw eto!'

'Wel, *cretins*, dwi wedi cyflwyno syniad anhygoel i Edward yn ddiweddar. Ac mae e wedi gofyn am gyfarfod yn 'i gylch e bore 'ma!'

Roedd Cassie'n falch o weld antena Fiona'n crynu o chwilfrydedd. Roedd hi hyd yn oed wedi rhoi ei myffin i lawr ar ei desg.

'Ie, beth yw e, 'de?' holodd.

Gwenodd Cassie'n smỳg. 'Nes i bopeth gael ei drefnu, mae'r prosiect ar *need-to-know basis*. Ond fe gewch chi weld . . .'

Am 11.29a.m. roedd Cassie ar bigau'r drain yn eistedd o flaen desg Edward. Doedd e heb ei chydnabod hi eto wrth iddo ysgrifennu nodyn arall yn ffwndrus. Roedd e'n greadur rhyfedd yr olwg, synfyfyriodd Cassie wrth edrych arno, yn gyfuniad o Homer o'r *Simpsons* a Wayne Rooney; roedd e'n bell o fod yn bishyn. Ac roedd ganddo ysgrifenyddes oedd yn ymdebygu i gymeriad Tubbs o'r gyfres *The League of Gentlemen*, a honno'n amddiffynnol iawn o'i bòs. Bu Cassie'n amau perthynas y ddau ers tipyn, a jyst wrth i'r olygfa fwyaf erchyll o'r ddau'n cael rhyw gyda'i gilydd lanio yn ei hymennydd, trodd Edward i'w hwynebu. Fel arfer, doedd dim brwdfrydedd yn agos i'w groen wrth i'w lygaid llwydaidd syllu arni.

'Reit, Cassie, ti 'di ymchwilio i'r stori Bob Marley 'na?'

'Do, Edward – dyw e ddim yn Gymro nac o dras Gymreig.'

'Ond wedodd y *Wales on Sunday* fod ei dad e'n hannu o'r Rhyl!'

'Na, camgymeriad oedd hwnna. O'dd ei dad e yn y fyddin yn Y Rhyl am gyfnod byr. Nawr, gawsoch chi gyfle . . .?'

Ond cyn iddi orffen ei brawddeg, bant ag e ar drywydd syniad arall. 'Be am David Bowie, 'te?'

'Wel, o'dd teulu 'da fe ym Merthyr, ond dim byd gwerth sôn amdano. Dim digon ar gyfer rhaglen, yn sicr.'

'Beth am yr Adele 'na? Mae'n edrych mor gryf â chaseg – golwg Cymraes solet o Sir Gâr arni.'

'Na, Saesnes rhonc, yn anffodus.' Roedd Cassie'n brwydro i gadw rheolaeth dros ei thymer. Cysylltiadau Cymreig pa seléb fyddai'r lembo ishe iddi ymchwilio iddyn nhw nesa – y ddiweddar Whitney Houston?!

'Ocê, beth arall sy 'da ti?' holodd Edward yn ddiflas, gan bigo'i ewinedd di-raen gyda beiro.

'Wel, ma'r actor enwog, Ieuan Bythwyrdd, yn dod 'ma i ffilmo. Chi'n cofio 'mod i wedi rhoi'r syniad ar eich desg chi wythnos diwetha?'

Gwell i'r pwrsyn gofio. Roedd hi wedi slafo dros y syniad yna, am resymau amlwg.

'Mmm,' dywedodd Edward yn feddylgar.

Roedd ei ddiffyg brwdfrydedd yn ei chynddeiriogi. Yn lle chwilio am ronyn o Gymreictod tila mewn hen selébs, a llawer o'r rheiny wedi marw ers oes pys, pam na fyddai Edward yn canolbwyntio ar yr *A list* newydd? Ieuan Bythwyrdd, *for God's sake*! Dyn mwyaf rhywiol Cymru!

Ceisiodd guddio'i diffyg amynedd – roedd yn rhaid iddi berswadio'r twlsyn rhywsut. 'Feddylies i am *Celf yn Unig* yn syth pan ddarllenais i yn *Heat* y bydde Ieuan Bythwyrdd yn ffilmio yng Nghaerdydd yn fuan.'

Pesychodd Edward yn biwis. 'Wel, ydy, mae'n syniad eitha da. Ond wyt ti'n meddwl y bydde fe'n barod i gael ei gyfweld?'

Nodiodd Cassie'n fuddugoliaethus. 'Dwi wedi e-bostio'i asiant e'n barod, ac mae e'n hapus i fi ei gyfweld e – ond slot fer fydd hi.'

Pendronodd Edward am eiliad. 'Wel, yn ddelfrydol, bydden i wedi gofyn i Lois wneud y cyfweliad . . .'

Teimlodd Cassie'r blew yn codi ar ei gwar wrth iddi glywed enw Lois. Ie, Lois *Queen Bee* Harrington, cynhyrchydd yn Galles TV, a chyflwynydd teledu poblogaidd. Hi oedd ffefryn y swyddfa, ac roedd Edward yn ei haddoli. Roedd hi'n ddel, fel Reese Witherspoon, ond bod ei gwallt hi'n dywyll (fel Reese yn *Walk the Line*), ac roedd yn gyrru moped Vespa i ategu at ei delwedd fel Audrey Hepburn gyfoes. Corff seis sero ac ymennydd i fatsio! Ond roedd yr ast *yn* gyflwynydd eithaf da.

'Ond mae Lois yn brysur ar hyn o bryd yn gwneud *Môn Amour*, rhaglen arbennig am Kate a Wills a'u bywyd yng Nghymru,' dywedodd Edward yn falch.

'O ie, bydd honna'n bownd o ennill BAFTA Cymru!' dywedodd Cassie'n ffuantus. Yna edrychodd i fyw llygaid Edward. Doedd hi ddim yn mynd i adael i hwn ei rhwystro hi. Roedd yn rhaid iddi gipio'r cyfle. Fel y dywedodd Psychic Sue, gallai hyn newid ei bywyd! Y cyfle i gwrdd â dyn ei breuddwydion.

'Cofiwch taw fy syniad i oedd hwn yn y lle cynta, Edward.'

Ochneidiodd Edward yn ddiflas. 'Iawn, ocê. Gwna'r trefniadau, cer â'r *DV-cam* bach gyda ti, ac er mwyn dyn, gwna fe'n ddiddorol. E-bostia'r cwestiynau ti am eu gofyn ata i i fi gael bwrw golwg drostyn nhw cyn i ti fynd.'

Cododd Cassie ar ei thraed yn wên o glust i glust. 'Wrth gwrs. Diolch, Edward.'

Bu bron iddi ddawnsio'n ôl at ei desg, cymaint oedd ei balchder. Byddai'n rhaid iddi fynd i siopa yn Howells yn syth ar ôl gwaith heno i brynu'r ffrog berffaith. Yna byddai angen *botox*, steil gwallt newydd, *facial*, colur, y *works*, cyn iddi gwrdd â Ieuan o'r diwedd. Trueni nad oedd amser gyda hi i gael *implants* yn eu bronnau a'i thin, ond byddai angen chwech wythnos i wella o'r driniaeth honno . . . Byddai'n rhaid i'r Wonderbra a'r Spanx ffyddlon wneud eu gwaith. O, Ieuan, Ieuan, Ieuan. OMG! Roedd hi'n cwrdd â Ieuan Bythwyrdd! Byddai *pawb* yn *well jel*!

Synhwyrodd Fiona'n syth fod rhywbeth wedi digwydd, a dechreuodd wingo fel cleren mewn gwe pry cop. 'Ie, beth wedodd e 'te? Ody e wedi dy dynnu di off y gyfres?'

'Neu o'dd e'n dwlu ar yr eitem crap 'na wnest ti am Miss Merthyr?' ychwanegodd John gan bwffian chwerthin.

Gwenodd Cassie'n gynnil. 'Na, ti fel yr ymchwil-ydd fydd yn canolbwyntio ar eitemau ysgafn o hyn allan. Dwi jyst wedi cael prosiect rili pwysig i weithio arno . . .'

'Be, eitem arall am gorau meibion y cymoedd, ife?' chwarddodd Fiona'n ddirmygus.

'Na, ti fydd yn gwneud *Valley Voices*, Fiona, nid fi,

gan dy fod di'n gymaint o arbenigwraig erbyn hyn. Na, dwi off i'r Hilton i gael *one-to-one* gyda . . . Ieuan Bythwyrdd.'

Roedd Fiona'n gegrwth, a neidiodd John yn syth i'r adwy. 'Be ffyc? Pam ma'r twat yn rhoi hwnna i *ti*? Ti ond wedi bod 'ma am bum munud! Mae e'n gwybod mai fi sy â'r *showbiz connections*, nid ti!'

'Dyw tanysgrifio i *OK magazine* ddim yn golygu bod gen ti *showbiz connections*, John. Eniwê, fy syniad i oedd e, ac roedd Edward ishe rhywbeth llai amlwg ac ystrydebol.'

Pwffiodd Fiona'n ddig, '*Bollocks*! Dim ond achos bod Lois blydi Lane yn rhy brysur gest ti 'i neud e. Heblaw 'i bod hi lan at ei thin yn Kate a Wills, byddet ti'n gwneud *vox pops* yn y Rhondda fel y gweddill ohonon ni!'

'*Whatev's*!' Gwenodd Cassie fel giât wrth iddi agor tudalen Facebook Ieuan. Ond doedd Fiona heb orffen eto.

'A ta beth, 'sdim gobeth caneri gyda ti i fachu Ieuan Bythwyrdd,' meddai.

'Nag o's, siŵr,' ychwanegodd John yn snichlyd. 'Mae e'n aelod o'r *Lavender Hill Mob*, reit 'i wala.'

Am beth oedd y ddau dwat yma'n parablu? Anwybyddodd Cassie'r cenfigen.

'Ma' Ieu yn *gay*!' aeth John yn ei flaen. "Sdim gobeth 'da ti – *different league, different team*!'

'A galli di anghofio dy *scenarios Pretty Woman* di nawr! Dyw e ddim yn lico merched, a dwyt ti'n bendant ddim yn Julia Roberts!' Stwffiodd Fiona Mars Bar i'w cheg yn fuddugoliaethus.

Gwenodd Cassie'n ddel, 'O leia dwi ddim yn *Ugly Betty*!' meddai.

'Ma'r *brace* yn dod off wythnos nesa, bitsh!' tagodd Fiona.

Trodd Cassie at ei chyfrifiadur a'i hwyneb yn ddifynegiant, ond roedd ei chalon yn canu'n orfoleddus. Dyma ddiwrnod gorau ei bywyd! Nid yn unig oedd hi'n mynd i gyfarfod â Ieuan Bythwyrdd, ond roedd hi hefyd wedi llwyddo i dynnu blewyn o drwynau Fiona a John! Ciledrychodd ar ei horiawr – amser cinio'n barod. Cyfle i gael golwg gyflym ar dudalennau Facebook a Twitter Ieuan. Yn naturiol, ei *lackeys* oedd yn gofalu am y dudalen Facebook, ond hoffai Cassie feddwl bod Ieuan ei hun yn sbecian ar ei chyfraniadau hi, ac o bosib ei phroffil hefyd. Fe roddai un *poke* bach arall iddo rhag ofn, cyn danfon neges fach 'bore da' ato ar Twitter . . .

Oedd, roedd yr wythnos ddiwethaf wedi bod fel *boot-camp* harddwch, wrth i Cassie ffocysu ar ei phryd a'i gwedd yn barod at y cyfarfod mawr. Ychwanegodd *extensions* euraid i'w gwallt nes ei fod yn llifo'n donnau prydferth i lawr ei chefn (yn union fel gwallt Keira Knightley yn *The Cornfield of Desire*). Roedd y *botox* wedi cael gwared o'r crychau mân o dan ei llygaid, ac roedd y £200 a wariodd ar golur newydd Chanel yn werth pob ceiniog. Daeth y garden gredyd o dan y lach hefyd wrth iddi fuddsoddi mewn siwt drendi o French Connection a bag Mulberry newydd. Roedd hi'n gwybod bod Ieuan yn addoli wrth allor dylunwyr mwya'r byd ffasiwn. Ef oedd wyneb hysbysebion Marc Jacobs, ac yn deyrnged i hynny prynodd Cassie botel enfawr o boy/girl, persawr newydd un-rhyw y dylunydd, a hoff bersawr Ieuan, yn ôl *Heat*.

Roedd Fiona a John wedi rhochian chwerthin wrth iddi ddangos ei delwedd newydd yn y gwaith.

'*Oh my God*! Ma' Katie Price wedi dod i'r swyddfa!' udodd John wrth i Cassie swagro i mewn i'r gwaith ar ôl ei *makeover*.

'*Mam-gu* Katie Price!' wfftiodd Fiona.

Ond gwyddai Cassie mai eiddigedd pur oedd hyn, a dim mwy.

Roedd Paul hefyd wedi ei syfrdanu gan y gweddnewidiad. Ar y dechrau, roedd yn gefnogol iawn ei bod hi'n gwneud cymaint o ymdrech gyda'i hymddangosiad, ond newidiodd ei gân pan ddeallodd mai ar gyfer Ieuan Bythwyrdd oedd yr holl ffws.

''Smo ti'n meddwl dy fod ti'n mynd dros ben llestri gyda'r paratoadau ar gyfer y cyfweliad 'ma?' holodd Paul yn ofalus wrth ei gwylio'n ysgrifennu traethawd o nodiadau ar blentyndod Ieuan yn yr ystafell fyw.

'Paul, 'smo ti'n deall? Mae hwn yn gyfle euraid i fi yn fy ngyrfa. Os bydd y rhwydwaith yn hoffi'r cyfweliad 'ma, wel, falle byddan nhw'n ei ddarlledu fe ar draws Prydain! Gallen i fod yr Alex Jones nesa! Dwi jyst angen y *break* mawr a gallen i fod ar y soffa bob nos yn darlledu i'r Deyrnas Unedig gyfan! 'Smo ti ishe i fi lwyddo, Paul?' gofynnodd Cassie iddo'n bwdlyd.

'Wrth gwrs 'mod i,' dywedodd Paul, gan drio bod yn amyneddgar. 'Jyst cadwa bethe mewn perspectif a bydd yn broffesiynol, 'na i gyd. Byddi di'n ddim ond un o lawer o newyddiadurwyr fydd yn ei gyfweld e. Nawr, rho'r stwff 'na i gadw a dere i'r gwely, wnei di? Mae hi wedi hanner nos.'

'Paul, dwi ond wedi cyrraedd ei ben-blwydd e'n ddeunaw. Ma'n rhaid i fi swoto lan ei ar ei gyfnod e yn Rose Bruford, heb sôn am ei waith yn Stratford!'

Ochneidiodd Paul yn ddwfn cyn mynd i'r gwely'n anfodlon.

Syllodd Cassie ar y cloc – dwy awr fach arall ac yna âi hithau i'r gwely. Roedd hi eisiau bod yn ffres ar gyfer Ieuan drannoeth . . .

Eisteddai Cassie y tu allan i *suite* Ieuan yng ngwesty'r Hilton. Curai ei chalon yn afreolus. Roedd hi'n methu credu ei bod hi ar fin cwrdd â gwir gariad ei bywyd yn y cnawd. Caeodd ei llygaid ac anadlu'n ddwfn.

'Gymeri di sigarét?'

Oh my God! Roedd e gan mil gwaith yn fwy golygus yn y cnawd nag ar y sgrin, hyd yn oed! Gwisgai siwt dywyll, a *trenchcoat* fel Humphrey Bogart. Gwisgai Cassie siwt glasurol yn steil y 1940au, yn gwmws fel Lauren Bacall. Safai mewn bar *retro* yr olwg, gyda byrddau bach wedi eu gosod o gwmpas yr ystafell, a channwyll goch ar bob un. Torrai planhigion palmwydd ar wynder yr ystafell, ac eisteddai dyn du golygus wrth y piano mewn *tuxedo* gwyn yn chwarae *As Time Goes By* yn gelfydd.

Rhoddodd Cassie ei dwylo crynedig o gwmpas llaw Ieuan wrth iddo danio'i sigarét. Gwenodd wrth iddo ynganu'r geiriau, 'O bob bar yn yr holl fyd, roedd yn rhaid i ti gerdded mewn i'r un yma . . .'

'Ti'n gwybod sut i chwibanu, on'd dwyt ti?' Gwenodd Cassie'n bryfoclyd arno. 'Rwyt ti jyst yn rhoi dy wefusau at ei gilydd a chwythu . . .' Gafaelodd e'n dynn ynddi. 'Dries i bopeth i dy anghofio di . . . Ond be 'di'r iws?'

Wrth i Ieuan blygu ymlaen a'i chusanu, daeth llais benywaidd o bell i darfu ar ei ffantasi.

'Cassie Jones?'

Neidiodd Cassie o'i sedd fel bwled o wn. Safai blonden ifanc gyfarwydd yr olwg mewn siorts denim, crys-T tyn a bŵts cowboi o'i blaen.

'Haia, chi yw Cassie Jones, ife?' holodd yn gyfeillgar.

'Ie,' meddai Cassie'n oeraidd. 'Mae gen i gyfweliad gyda Ieuan.'

'Kelli dw i, PA Ieuan. Reit, wna i'ch ticio chi oddi ar y rhestr. Mae'n ddrwg gen i, ond mae'r amserlen yn rili dynn. Dim ond pum munud allwn ni ei sbario. Ma' criw *Heno* a *Prynhawn Da* yn dod 'ma chwap. Dilynwch fi, plîs.'

Pum munud? Pum munud?! Suddodd calon Cassie i'w *stilettos* Kurt Geiger. Roedd hi wedi disgwyl llawer mwy na hynny, a bod yn onest. Ond chware teg, doedd Ieuan ddim yn ei hadnabod hi eto. Os byddai'r sgwrs yn mynd yn dda (ac roedd hi'n siŵr y byddai), yna gallai pum munud dyfu'n brynhawn cyfan ac wedyn, pwy a ŵyr . . ?

Agorodd Kelli'r drws, a daliodd Cassie ei hanadl. Roedd e'n sefyll wrth y ffenest a'i gefn tuag atyn nhw. Roedd e'n dalach nag oedd hi wedi'i ddisgwyl. Gwisgai grys llwyd a jîns du Armani. Syllodd ar ei ysgwyddau llydan a'i ben-ôl crwn. Bu bron iddi lewygu yn y fan a'r lle. Ac yna trodd i'w hwynebu.

'Haia, ti yw Cassie, ife? Enw del.'

OMG! Roedd e'n cofio'i henw o'r rhestr! Ac roedd

gweld ei wyneb yn y cnawd am y tro cyntaf yn llesmeiriol. Er ei bod yn adnabod ei wyneb cystal â'i wyneb hi ei hun, roedd yna fân wahaniaethau oedd yn newydd iddi, gan ychwanegu at ei brydferthwch; y brychni bach ar ei drwyn; y cudyn o wallt oedd yn syrthio dros ei amrant chwith . . . Pesychodd Kelli'n dawel, a sylweddolodd Cassie ei bod yn rhythu arno.

'Reit, fe ddannfona i'r un nesa i mewn ymhen pump,' dywedodd Kelli wrth iddi adael yr ystafell.

Diolch byth am hynny – roedd y Barbie blastig mas o'r ffordd!

'Diolch . . . Dwi'n licio dy enw di hefyd.' Chwarddodd yn ysgafn, gan drio bod yn fflyrti ac yn broffesiynol ar yr un pryd.

Gwnaeth Ieuan geg gam. 'Gredet ti fyth faint o drafferth mae pobol yn ei gael i'w ynganu'n iawn. Dwi 'di bod yn bopeth – o Euan i Ivan! Ond os yw pobol yn gallu cofio enw rhywun fel . . .'

'Joaquin Phoenix . . .' gwenodd Cassie; roedd yn cofio pob *soundbite* roedd e erioed wedi ei ynganu yn ei gyfweliadau yn y wasg.

'. . . Gallan nhw gofio Ieuan Bythwyrdd,' chwarddodd yntau, yn amlwg wedi ei swyno.

Chwarddodd Cassie'n or-frwdfrydig, ei nerfau ar wasgar wrth i Ieuan ei hudo gyda'i wên gynnes. Eisteddodd Ieuan i lawr ar gadair esmwyth gerllaw ac amneidio ar Cassie i wneud yr un fath. Diolch byth ei bod hi wedi dod â'r *tripod* ar gyfer y *DV-cam* bach gan fod ei llaw yn crynu'n ddireolaeth.

'*So, fire away*!' gwenodd Ieuan arni, ei goesau wedi eu lledu o'i blaen. Ceisiodd hithau eu hanwybyddu rhag iddi edrych ar yr hyn a orweddai rhyngddynt.

Wel, a bod yn onest, roedd hi wedi sbecian yn sydyn, ac roedd yr ymchwydd yn ei gopish yn sylweddol. Ac roedd ei agwedd hollol hamddenol a hapus yn ei groen yn awgrymu ei fod e'n ddyn 'lwcus' iawn yn gorfforol.

'Reit . . . Wel . . . Beth wyt ti'n gweithio arno fe ar hyn o bryd?'

'Mae gen i lot o gynyrchiadau ar y gweill. *Glo yn y Gwaed*, ffilm Gymreig hanesyddol sy'n cael ei saethu yng Nghaerdydd yn fuan, a ffilm arswyd yn Hollywood, *The Hidden Horror*, gyda Charlize Theron . . .'

Roedd Cassie'n methu canolbwyntio ar ei eiriau o gwbl. Roedd hi'n rhy brysur yn edrych ar ei lygaid glas i'w rhyfeddu, ac ebychodd yn sydyn, ''Sgen ti gariad?' Pesychodd Ieuan ac aeth rhai eiliadau heibio cyn iddo ateb. 'Wel, neb o bwys ar hyn o bryd. Dwi'n canolbwyntio ar y gwaith, ti'n gwybod?'

Cool beans! Dywedodd e nad oedd neb 'pwysig' yn ei fywyd! Awgrym amlwg ei fod e'n chwilio am rywun . . . Ni sylwodd Cassie ei fod yn treulio'i amser yn llygad-rythu ar ei adlewyrchiad yn y drych y tu ôl iddi. Dechreuodd ymlacio wrth gofio'r llu o gwestiynau y paratôdd ar ei gyfer.

'Sut berthynas sy gen ti gyda dy ffans?' holodd.

Atebodd Ieuan yn ddiffuant, 'Dwi'n eu caru nhw. Hebddyn nhw, wel, fyddai hi ddim wedi bod yn bosibl i mi rannu fy ngweledigaeth, fy nghrefft . . . ti'n deall?'

OMG! Dywedodd e ei fod yn caru ei ffans! A hi oedd ei *über-fan*. Mae'n amlwg ei fod yn rhoi awgrym fach arall iddi fan 'na. Reit, gwell twlu cwestiwn llai amlwg mewn nawr, rhag i Edward gael ffit biws yn y swyddfa.

'Wyt ti'n colli byw yng Nghymru?'

Oedodd Ieuan i yfed llymaid o ddŵr. 'Wrth gwrs,

ond mae'n rhaid i fi fyw yn America. Dyna lle mae'r *action* . . .'

Nodiodd Cassie ei phen yn ddoeth. 'Oes gen ti gartre yng Nghymru o hyd?' holodd wedyn.

'O, wrth gwrs, achos Cymru yw 'nghartre ysbrydol i . . . lle mae 'nghalon i. Gen i *crib* bach cŵl lawr yn y Bae – lle da am *chill-out* . . .'

A jyst pan oedd hi ar fin gofyn iddo am *tour* bach o gwmpas ei *crib* yn y Bae, daeth y ffacin' dorth synthetig, Kelli, yn ôl i'r ystafell. *Shit*! Dechreuodd Cassie barablu'n ddi-baid, 'A dweud y gwir, Ieuan, dyw pum munud ddim yn ddigon i beth o'n i ishe'i wneud i ti, ym, ei wneud arnat ti. A fyddai'n bosib i fi . . ?'

Ond torrodd Kelli ar ei thraws. 'Sori Catrin . . .'

'Cassie,' cywirodd Cassie hi'n swta.

Anwybyddodd Kelli'r cywiriad a dweud wrth Ieuan, 'Ma' criw S4C yn aros tu fas.'

'Wel, dwed wrth Angharad Mair am cwlio'i *jets* am funud!' dywedodd Ieuan yn ysgafn.

Tra oedd y ddau'n siarad, sylwodd Cassie ar y botel ddŵr roedd Ieuan wedi ei gadael ar y bwrdd bach. Yn gyflym fel neidr, gafaelodd Cassie yn y botel a'i rhoi yn ei bag llaw. Wel, roedd hi eisie rhywbeth i gofio amdano . . .

Bu eiliad neu ddau o letchwithdod wrth i Kelli sefyll yno'n gwenu'n blastig, yn amlwg yn aros i Cassie adael. Am ennyd, trawsffurfiwyd y camera yn ei llaw yn wn-peiriant wrth iddi saethu twll trwy wên Colgate ffug Kelli.

'Eniwê, Ieuan, os oes gen ti fwy o amser, unrhyw bryd, rho ganiad i fi.' Gwasgodd Cassie ei cherdyn busnes i'w law (1000 am £10 ar-lein).

Derbyniodd Ieuan y garden gyda gwên. 'Wel, bydda i'n ffilmio yng Nghaerdydd wythnos nesa. Falle gallet ti a chriw ddod i'r set i ffilmio,' meddai'n garedig.

Doedd dim amheuaeth felly ei fod e'n awyddus i'w gweld hi eto. Doedd dim angen bod yn Stephen Hawking i ddadansoddi'r data yma! Ceisiodd Cassie fod yn cŵl, ond daeth ei hateb yn un llifeiriant o frwdfrydedd. 'Ie, o, ie, byddai hynny'n grêt!'

'Rho alwad i'r swyddfa gynhyrchu, ac fe wnewn nhw sorto pethe.' Cydiodd Ieuan yn ei llaw a'i chusanu. Roedd hi'n methu credu'r peth! Mi fyddai'n ail-fyw'r foment hon am byth.

'Diolch yn fawr! Hwyl!'

Camodd Cassie allan o'r ystafell yn fyddar i Kelli a'i thwitran disylwedd.

Ieuan

Edrychodd Ieuan yn slei ar ei oriawr wrth i'r fenyw od o ryw gwmni teledu bach ceiniog a dimau saethu cwestiynau ato fel bwledi o wn. Roedd yn amlwg hyd yn oed i ddyn dall ei bod hi'n ei ffansïo fe. Druan ohoni; roedd hi'n nes at ei phedwar deg na'i thri deg. Doedd yr *extensions* perocseid yn ei gwallt, a'r trwch o *fake bake*, ddim yn helpu pethe chwaith. Roedd y cyfweliadau yma'n ei syrffedu braidd, er ei fod yn mwynhau siarad amdano'i hun, wrth reswm. Yr unig un yr hoffai ei gweld heddiw oedd Claudia Winkleman, cyflwynydd rhywiol rhaglen ffilm y BBC – nawr, dyna i chi bishyn – ond roedd e wedi gwneud cyfweliad gyda hi cwpwl o fisoedd yn ôl. Dim ond y prôls Cymraeg oedd yma heddiw. Ond oedd yn rhaid iddo chwarae'r gêm. Gobeithiai y deuai Kelli i mewn cyn hir i'w achub rhag hon.

Cododd ar ei draed fel awgrym amlwg iddi fod y cyfweliad ar ben. Ond roedd hi'n dal i ofyn cwestiynau. Diolch byth, daeth Kelli i mewn ar y gair i gael gwared ohoni. Teimlai ychydig o drueni drosti wrth iddo weld y gobaith yn ei llygaid gwyrdd. Penderfynodd gynnig rhywbeth bach iddi fel gwobr gysur.

'Bydda i'n ffilmio yng Nghaerdydd wythnos nesa. Falle gallet ti a chriw ddod i'r set i ffilmio.'

Roedd y llawenydd yn ei hwyneb wrth iddo estyn y gwahoddiad iddi'n bathetig braidd, ond hebddi hi a'i thebyg byddai e allan o waith, a ddylai e fyth anghofio hynny. Roedd ei asiant bob amser yn dweud, 'Cofia'r ffans, Ieu – nhw sy'n creu seren a neb arall.' Rhoddodd gusan ar ei llaw jyst i'w gweld yn simsanu.

Unwaith roedd hi allan o'r ystafell, roedd Kelli a Ieuan ym mreichiau ei gilydd.

'*Oh my God,*' chwarddodd Kelli. 'Ma' crysh *anferth* gyda honna arnat ti! A faint yw ei hoed hi? Tynnu at bedwar deg? *Sad*!'

'Wel, mae ganddi chwaeth dda! Dyna 'mhrif ddemograffeg i – merched unig sy *over the hill. Single And Desperate Old Sluts – SADOS!*'

Lapiodd Kelli ei breichiau o'i amgylch yn feddiannol. 'Jyst cofia mai *fi* sy'n edrych ar dy ôl di orau!'

Cusanodd Ieuan hi'n ysgafn. 'Bêbs, dim ond bod nhw'n dal i brynu'u tocynne sinema, a 'ngadw i mewn steil, gallan nhw wanco off i fi gymaint â ma'n nhw ishe! Reit, sôn am hen *trouts*, well i ti fynd i nôl criw *Heno*.'

Ers iddo fethu ennill y BAFTA, roedd e wedi cadw'n

brysur gyda chyfweliadau â'r wasg a chyfarfodydd niferus ar gyfer ei brosiectau nesaf. Doedd e ddim eisie rhagor o rannau arwrol, roedd e eisie bod fel Michael Sheen, yn actor roedd pobl yn ei gymryd o ddifrif. Roedd yn rhaid iddo gael rhan rhywun anabl, neu wleidydd heriol, neu garcharor gwleidyddol – unrhyw beth fyddai'n ennill gwobrau iddo ac yn gwella'i *cred* fel actor difrifol. Roedd angen *My Left Foot* neu *Born on the Fourth of July* y ddegawd hon arno – dyna'r rhannau oedd yn ennill yr Oscars. Roedd ganddo obaith am ei ran nesa yn *Glo yn y Gwaed*, o gofio bod *Gladiator* a *Braveheart* wedi ennill yr Oscar i Russell Crowe a Mel Gibson. Ond a fyddai diddordeb gan y wasg a'r cyhoedd mewn arwr Cymreig? Dyna pam roedd yn rhaid iddo wneud yr holl gyfweliadau yma – proffil yw popeth, meddai wrtho'i hun.

Un bonws bach ychwanegol oedd bod Rhun Lewis hefyd wedi cael rhan yn *Glo yn y Gwaed*. Fe oedd yn chwarae rhan ei frawd iau yn y ffilm, yr un gwyllt oedd bob amser yn ffeindio trwbwl. Roedd Ieuan wedi mwynhau noson danbaid gyda Rhun adeg y BAFTAs ac yn mwynhau cael ffling bach gyda fe tra oedden nhw'n ffilmio. Roedd y bachgen yn hanner ei addoli, ac yn ddisgybl brwd rhwng y cynfasau. Ond roedd e wedi ei siarsio i gadw'u perthynas yn ddirgel. Ni fyddai'r ffans yn hoffi meddwl bod Ieuan Bythwyrdd, dyn mwyaf rhywiol Cymru, yn ddeurywiol. Roedd rheswm da pam fod llawer o *A listers* yn cadw'u diddordebau allgyrsiol yn gyfrinach.

Roedd rhagrith a rhagfarn yn dal yn rhemp yn y diwydiant, a llawer o'r hoywon mwyaf yn cuddio y tu ôl i barchusrwydd gwraig a theulu. Roedd e wedi bod yn lwcus nad oedd Serena wedi gollwng y gath o'r cwd pan ddaliodd hi fe wrthi gyda'r porthor. Ond gwyddai hi, Madam, fod digon o bethau gydag e yn ei storfa amdani hithau i'w rhannu gyda'r wasg hefyd, petai hi'n penderfynu agor ei cheg. Ie, ei phartis gwyllt gyda Kate Moss, ei *one-night stand* gyda Russell Brand, y cyffuriau a'r *booze* gyda'r ddiweddar Amy Winehouse . . . Roedd Serena'n bell o fod yn angel, a gan fod ei delwedd yn y byd ffilm yn dibynnu ar gadw ei henw'n bur fel Eira Wen, roedd hi wedi cadw'i cheg fach binc ar gau.

Er ei fod yn ifanc, roedd Rhun yntau'n deall y sgôr hefyd. Byddai ei yrfa newydd yn crino fel boch hen wraig pe byddai ei ffans yn darganfod y gwir amdano. Doedd Ieuan ddim mewn cariad gyda Rhun – 'bach o sbort oedd e, dyna i gyd. Ac roedd e'n cael pleser fasocistaidd o gael rhyw gyda'i elyn . . . Jiw, byddai ei seicolegydd, Dr Bri, yn mwynhau'r berl fach yna! Doedd e heb sôn wrth Kelli, chwaith, bod y garwriaeth gyda Rhun yn parhau – wel, doedd e ddim eisie iddi wybod popeth, rhag ofn. Gallai hi fod yn eiddigeddus ar brydiau, er ei bod yn esgus bod yn gosmopolitaidd iawn. Ac roedd e'n dal yn hapus i gael *shag* fach gyda hithe hefyd o bryd i'w gilydd.

Agorodd Kelli'r drws a hebrwng y criw ffilm nesa i mewn. Arhosodd Ieu ar ei draed. 'Angharad, lyfli dy weld di unwaith eto!' Mwa! Mwa!

Cyrhaeddodd Cassie ei fflat mewn breuddwyd. Roedd hi'n methu aros i wylio'r cyfweliad gyda Ieuan ar ei theledu. Allai pethe ddim fod wedi mynd yn well.

Roedd hi nawr yn rhan o fywyd Ieuan Bythwyrdd! Ac roedd y ffaith ei fod wedi gofyn iddi am gyfweliad arall yn dangos ei deimladau cryf tuag ati. Esgus oedd hyn, yn sicr, i gael ei gweld hi eto – ac wedyn byddai'n siŵr o ofyn iddi fynd allan gydag e. Chwara teg i Ieuan, doedd e ddim eisiau gwthio'i hun arni yn eu cyfarfyddiad cyntaf, rhag ei dychryn. Roedd hi wedi gwneud jobyn go dda o ymddangos yn broffesiynol o'i flaen, ond roedd hi hefyd wedi sicrhau ei bod wedi rhoi digon o arwyddion iddo i ddangos bod diddordeb personol ganddi ynddo. Roedd cynifer o *weirdos* a *stalkers* o gwmpas, doedd hi ddim eisie iddo feddwl nad oedd ei theimladau hi'n jonach.

Sylwodd fod ei pheiriant ateb yn fflachio. Dechreuodd ei chalon guro'n gyflymach. Beth os taw Ieuan oedd yno? Yn ei gwahodd hi ar drip i'r Caribî ar ei *jet* personol, falle? Gwasgodd y botwm chwarae'n llawn cyffro.

'Cassie, Paul sy 'ma – dy *gariad* di, os wyt ti'n cofio pwy odw i. Dwi ddim yn gwybod os wyt ti'n rhy brysur heno'n perfan dros luniau o Ieuan Bythwyrdd. Os ti ddim, falle gallet ti drafferthu rhoi caniad i fi?'

Ochneidiodd Cassie mewn siom. Blincin Paul! Roedd e fel cacynen mewn picnic, yn sbwylio popeth i bawb. Cofiodd pan gwrddon nhw flwyddyn ynghynt. Roedd Paul wedi bod yn ei llygadu am wythnosau yn y dafarn leol, a hithau'n rhoi ambell edrychiad bach fflyrti 'nôl ato nes iddo ofyn iddi fynd allan ar ddêt. Ac roedden nhw wedi bod yn ddigon hapus tan yn ddiweddar. Ond bellach roedd Cassie eisie mwy na phryd o fwyd mewn tŷ bwyta cyffredin yng Nghaerdydd, a chwpwl o beints gyda ffrindie i ddilyn. Roedd hi'n chwilio am

51

ramant, y math o ramant fyddai'n ddigon i rwygo enaid menyw. Rhamant lle nad oeddech chi'n medru byw heb eich partner oes. Rhamant oedd yn peri i'ch bywyd ymddangos fel un trêl ffilm enfawr. Rhamant fel un Scarlett a Rhett (ond heb y draisedi), fel Bridget Jones a Darcy, fel Emma a Dexter yn *One Day* . . . Â phob parch i Paul, doedd ganddo mo'r dyfnder cymeriad i garu'n angerddol fel 'na.

Gwyddai Cassie fod gan Ieuan yr angerdd. Roedd e'n actor. Ac roedd yn rhaid i actorion blymio i ddyfnderoedd yr ysbryd i fynegi treialon bywyd. Roedd hi'n gwybod bod ganddo'r ddawn i garu â'i holl enaid.

Ond chwarae teg, roedd cymharu Paul â Ieuan yn annheg iawn. Roedd Paul fel byrgyr – digon blasus, ond cwbl gyffredin – tra bod Ieuan fel cafiâr: egsotic, prin ac anodd iawn dod o hyd iddo. Ond nawr roedd hi wedi dod o hyd iddo, a doedd hi ddim eisie colli cyfle mwyaf ei bywyd. Dileodd neges Paul. A bod yn onest, roedd hi'n ffansïo seibiant bach oddi wrtho fe. Roedd yn rhaid iddi ffocysu ar ei chyfarfod nesa gyda Ieuan . . . Estynnodd am ei DVD o ffilm *gangster* Ieuan, *Bang-Bang*, yn fodlon. Danfonodd neges fach ato ar Twitter: @ygwirieuanbythwyrdd – 'gwylio ti eto yn BANG-BANG! Ti mor secsi! Caru ti xxx'.

Y bore wedyn

'Paul, na, dwi'n methu gweld ti heno . . . Wel, y gwir yw . . . dwi wedi dechrau rhywbeth gyda rywun arall . . . Alla i ddim dweud pwy . . . Wel, alla i ddim siarad amdano fe . . . Na, dwi ddim yn *deluded*, diolch! *Take it like a man*! Mae e drosto, ocê?! Paid ffonio fi eto!'

Gorffennodd Cassie'r alwad mewn tymer ddrwg. Roedd Paul yn swnio'n llawer mwy crac nag oedd hi wedi'i ddisgwyl. Dim ond blwyddyn o'n nhw wedi bod mas 'da'i gilydd, wedi'r cwbl. Pam oedd e eisie trafod y peth wyneb yn wyneb? Gobeithio na fyddai'n dod i'r gwaith ac achosi *scene*. Roedd Fiona a John yn ddigon busneslyd yn barod. Tynnodd anadl ddofn ac ymlacio. O leiaf roedd hi'n rhydd nawr i fynd allan gyda Ieuan. Doedd dim byd i'w rhwystro. Gwenodd wrth agor tudalen Facebook Ieuan. Ond, jyst wrth iddi ddechrau darllen ei statws – oedd yn nodi ei fod yn dechrau saethu ei ffilm newydd yng Nghaerdydd ymhen wythnos – daeth sgwrs y twats Fiona a John i darfu arni unwaith eto.

'John, *honey-bunch*?' Gwenodd Fiona'n faleisus wrth siarad, gan gil-edrych ar Cassie.

Stopiodd John deipio gan ddal ei law yn yr awyr yn ddramatig. 'Ie, *sweetykins*?'

'Welest ti'r erthygl yna yn y *Guardian* wythnos diwetha? Yr un am . . . *stalkers*?' Ynganodd Fiona'r gair *stalkers* fel Les Dawson yn gwneud stumiau pan arferai ddynwared menywod.

'*Stalkers*? Naddo fi, be o'dd yr erthygl yn 'i weud, Ffi-Ffi?'

Pesychodd Fiona'n hunanbwysig, gan ddarllen o erthygl ar ei chyfrifiadur. 'Wel, ma' *special police contigent* wedi cynnal cynhadledd am y ffenomen yn Llundain ddoe – "the fastest-growing crime in Britain," medden nhw. *Erotomania* yw enw'r cyflwr sy'n ei achosi yn aml . . . Yn enwedig yn achos selébs . . .'

'Beth yw'r gair Cymraeg am *stalker*, Cassie?' Trodd John ati fel cobra'n barod i daro ergyd.

Doedd Cassie ond yn hanner gwrando wrth iddi deipio, a phenderfynodd anwybyddu John. Roedd cenfigen y ddau smalwyn wrth ei hochr yn drasig. Y ddau mor hyll, heb ronyn o *sex appeal*; byddai Ieuan wedi chwerthin yn eu hwynebau nhw petaen nhw wedi ei gyfweld!

Parhaodd John i siarad, 'Ie, fydden i ddim ishe bod yn enwog dyddie 'ma. Ma' cymaint o nytars o gwmpas.'

'Oes, ac ma' rhai ohonyn nhw ar stepen y drws 'fyd!' Rholiodd Fiona'i llygaid i gyfeiriad Cassie, oedd yn dal i geisio eu hanwybyddu. 'Ti'n cofio Jill Dando, druan fach? Bang bang!' aeth Fiona yn ei blaen yn ddramatig. 'Ac o'n i'n darllen bod aeoldau o'r teulu brenhinol yn cael sacheidi o lythyron gan *stalkers* bob blwyddyn, yn enwedig Prince Harry ers i William golli'i wallt . . .'

'Ond actorion sy'n ei chael hi waetha. Ma'r *freaks* 'ma'n dwlu arnyn nhw achos bo nhw'n gallu eu gwylio nhw ar y sgrin trwy'r amser, ti'n gweld. Ac ma'n nhw'n meddwl 'u bod nhw mewn perthynas . . . Trasig!' dywedodd John, a lapio'i freichiau amdano'i hun am ei fod yn mwynhau'r sgwrs gymaint.

Trodd y gyllell ymhellach. 'Oes, ma'n rhaid i ti fod yn *extra* gofalus os wyt ti'n ddyn ifanc yn dy ugeiniau ac yn actor – *catnip* i'r *stalkers*! O'n i'n darllen bod gan Robert Pattinson o *Twilight* ddeg *bodyguard*!'

Erbyn hyn roedd Cassie'n gwrando'n astud, a'i thymer yn dechrau codi wrth iddi ddeall pwynt y sgwrs.

'Beth yw e am y *saddos* 'ma, John? O'dd e'n gweud yn yr adroddiad mai menywod unig a thrist yn eu tridegau hwyr, yn despret am sylw, ydyn nhw fel arfer . . . *Compulsive Obsessives* . . .' Gwenodd Fiona fel cath wrth iddi lygadrythu'n awgrymog ar Cassie.

Symudodd John yn nes at Cassie. 'Be ti'n feddwl, Cassie? Ma' gen ti grysh *massive* ar Ieuan Bythwyrdd, on'd do's e? Bach yn pathetig, on'd dyw e?!'

Gwenodd Cassie ar y ddau gan geisio cadw'i llais yn wastad. 'Os oes rhaid i chi gael gwybod, *cretins*, daeth Ieuan a fi ymlaen yn grêt. Mor grêt nes 'mod i'n mynd i gwrdd â fe 'to cyn bo hir pan fydd e lawr 'ma'n ffilmio. Wnaeth e hyd yn oed ofyn am fy ngharden busnes i er mwyn cael rhif fy ffôn symudol.'

'Do, er mwyn iddo fe allu gwneud *call screening*!'

Gwnaeth Fiona a John *high five* maleisus wrth i John daro'n ôl gyda'i *bon mot* slei.

'Sori, Cassie,' dywedodd Fiona'n ffug -gyfeillgar. 'Tynnu coes, 'na i gyd, 'sdim ishe i ti golli dy dymer. 'Bach o *banter* yw e! Eniwê, 'nôl at y gwaith . . . Ma' gen i newyddion difyr iawn i ti.'

'Be? *Range* newydd o grisps yn y cantîn?' holodd Cassie'n ddi-hid.

Anwybyddodd Fiona'r gic at ei phwysau a dweud yn felys, 'Na, gwell na hynny, hyd yn oed! Mae Edward wedi gofyn i fi wneud eitem arbennig ar *Glo yn y Gwaed*.'

Doedd Cassie ddim yn deall am beth oedd yr ast yn rwdlan. Swnio fel eitem *boring* arall am hen lowyr yn y Rhondda – *big deal*!

'Ie, *so* . . .?'

Tynnodd Fiona anadl ddofn, fuddugoliaethus. 'Wel, bydda i'n hala diwrnod cyfan ar y set gyda Ieuan Bythwyrdd . . . ar ei ffilm newydd e, *Glo yn y Gwaed*. 'Na ferch lwcus ydw i, ontefe?' Agorodd Fiona Mars Bar i ddathlu, a dechrau ei gnoi yn fodlon. Doedd hi heb dynnu ei llygaid oddi ar wyneb Cassie. Crechwenodd John y tu ôl i'w gyfrifiadur.

Gallai Cassie glywed ei chalon yn curo'n wyllt. Be ffyc oedd yn digwydd? Sut oedd y ffacin hwch yma wedi ffeindio mas am y ffilm? Hi, Cassie, yn unig oedd i fod i weld Ieuan. Roedd e wedi gofyn iddi *hi*! Ffrwynodd ei theimladau orau gallai wrth ateb Fiona mor ffwrdd-â-hi ag y medrai dan yr amgylchiadau, 'Ie, wel, soniodd e rywbeth wrtha i am ryw ffilm Gymraeg hanesyddol, a wedodd e wrtho i am drefnu ymweliad â'r set.'

Nodiodd John yn nawddoglyd, 'Ond wnaeth e ddim rhoi *gwahoddiad* arbennig i ti, naddo fe?'

'Na? O, didyms! O'dd e mwy na thebyg ddim ishe ti'n *stalko* fe fel rhyw Glenn Close ar asid!' Wrth siarad, taflodd Fiona bapur lapio gwag ei Mars Bar i'r bin i bwysleisio'i sarhad.

Cododd Cassie ar ei thraed a gweiddi arnynt, wedi colli rheolaeth arni'i hun yn llwyr. '*Piss off*! O'dd e wedi gwahodd fi eniwê, ac wedi 'ngwahodd i i'r *wrap party* hefyd! Ond wedodd e wrtho fi i gadw'r cyfan yn dawel! Mae e mor adnabyddus nawr, mae e'n methu cymryd risgs!'

'*Bollocks*!' sniffiodd John.

'Wyneba fe, bach – *you're history*, a fi sy wedi bachu'r *gig*! Mae Edward yn meddwl mai fi yw'r ferch orau ar gyfer y fath stori bwysig!' ysgyrnygodd Fiona.

Cyn i Cassie wybod beth oedd hi'n ei wneud, roedd hi wedi neidio dros ben y ddesg â bwyell gigydd yn ei llaw. Sgrechiodd John fel mochyn bach wrth iddi ddarnio Fiona â'r fwyell nes bod y desgiau a'r cyfrifiaduron yn diferu â gwaed a gyts . . . Gorweddai corff Fiona fel morfil caeth ar draeth wrth i Cassie barhau i hacio gyda'i bwyell. 'Ddim y pen!' sgrechiodd John. Ond roedd hi'n rhy hwyr. Gydag un ergyd, roedd pen Fiona'n rholio ar y llawr fel ffwtbol o gnawd a gwaed. 'Aaargh!' sgrechiodd John wrth i Cassie droi ei golygon tuag ato yntau.

Gwingodd Cassie'n rhwystredig y tu ôl i'w desg. Yn anffodus, doedd dim modd iddi ymosod yn gorfforol ar Fiona, y bitsh. Sut, felly, y gallai ei rhwystro rhag difetha popeth iddi? Ac wrth iddi syllu ar Fiona'n cnoi hynny o'r Mars Bar oedd yn weddill yn ei chafn o geg, a'i llygaid bach hwch yn pefrio wrth iddi lyo'r caramel oddi ar ei dannedd porchell, daeth syniad ffantastig i'w phen . . .

Pennod 3

Cassie

Roedd hi'n sefyll ar draeth godiog, fel yr un yn y gyfres *Lost*; tywod euraid, coed palmwydd ym mhob man, awyr las, a thonnau'r môr yn wyrdd fel ei llygaid yn ymestyn ymhell i'r gorwel. Doedd yr un enaid byw i'w weld yn unlle. Roedd ei chorff lluniaidd yn frown a difraster mewn bicini chwaethus (tebyg i'r un oren a wisgai Halle Berry yn *Die Another Day*). Hongiai mwclis o gregyn am ei gwddf, ac roedd ei gwallt hir euraid yn llifo'n gyrls *surfer chic* i lawr ei chefn. Yna, gwyddai ei fod ef yno. Teimlai ei bidyn yn galed yn erbyn ei chefn wrth iddo'i chofleidio'n dynn.

'Wyt ti'n mwynhau, 'nghariad annwyl i?' Roedd ei gusanau ar gefn ei gwddf fel pili-palod yn dawnsio ar flodyn. A theimlodd gryndod o gyffro rhywiol a chwant yn llifo trwy ei chorff parod.

'Ma' hyn yn baradwys, Ieuan . . .'

'Ma' pob man yn baradwys os wyt ti yno.' Gwenodd arni'n dyner wrth fwytho'i bronnau'n farus. Syrthiodd y ddau ar dywod cynnes y traeth, yn dal i gusanu'n nwydus. Dechreuodd y tonnau lapio o'u hamgylch fel blancedi, a dadwisgodd y ddau'n gyflym cyn dechrau caru . . .

'Cassie! Agor y drws! Fi'n gwybod bo' ti 'na!'

Neidiodd Cassie oddi ar y soffa fel petai rhywun wedi taflu bwced o ddŵr oer drosti. Syrthiodd y *vibrator* i'r llawr wrth iddi godi'i phyjamas. Ffor ffac's sêcs! Paul

oedd yno, yn gweiddi y tu allan i ddrws y fflat. *Shit!*
Byddai Mrs Morris, ei hen gymdoges gwynfanllyd, yn
swnian wrth y landlord eto os na fyddai e'n distewi.
Camodd Cassie tuag at y drws a gweiddi, 'Paul, cer o
'ma! Dwi ddim ishe dy weld di rhagor!'

'Sa i'n mynd i unman! Gad fi mewn, wnei di?'

'Na! Dwi'n mynd i ffonio'r heddlu os na ei di!'

'Gwd! Dwi ishe trafod dy obsesiwn gwallgo di 'da'r
Ieuan Bythwyrdd 'na 'da nhw!'

O'r nefoedd, gwell iddi ei adael i mewn. Cuddiodd
Cassie'r *vibrator* o dan y soffa a chymhennu ei dillad
cyn agor y drws yn anfodlon. Camodd i mewn, a sefyll
yn stond yn yr ystafell fyw wrth sylwi ar yr allor roedd
Cassie wedi'i chreu i Ieuan ar y muriau. Roedd posteri
enfawr ohono'n gorchuddio pob wal, gan gynnwys
ei hoff lun ohono, y llwyddodd i'w gael ar eBay, sef
print yn steil portreadau Andy Warhol o Marilyn
Monroe a Liz Taylor. Roedd y botel ddŵr ddygodd hi
gan Ieuan yn yr Hilton mewn blwch bach ar y bwrdd
coffi – diolch byth nad oedd Paul yn deall arwyddocâd
honno.

'Be ffyc yw hyn i gyd?' holodd Paul yn ddilornus,
gan bwyntio at y lluniau. 'Faint yw dy oed di – un deg
chwech neu dri deg chwech?'

'Meindia dy funes!' meddai Cassie'n bendant. 'Gan
bo' ti yma, gei di gasglu dy stwff. Ma' cwpwl o DVDs a
CDs yn perthyn i ti yn yr ystafell wely . . .'

'Cassie!' Edrychodd Paul arni'n drist. 'Wyt ti ddim
yn becso taten amdana i? Pam wnest ti orffen 'da fi
dros y ffôn? Ni 'di bod 'da'n gilydd ers dros flwyddyn.
Nid rhyw *one-night stand* oedd hwn! Ro'n ni mewn
perthynas.'

'O'n i ddim ishe dy ypseto di. Ma'n ddrwg 'da fi,' dywedodd Cassie, gan deimlo pwl o euogrwydd wrth weld y dolur yn ei lygaid.

'Wel, fe wnest ti. Pam wyt ti ishe i ni orffen?' Eisteddodd Paul ar y sofa, yn amlwg yn ceisio cael sgwrs rhesymol.

'Wedes i wrthot ti. Dwi'n caru rhywun arall . . .'

'Ieuan Bythwyrdd?' holodd Paul yn llawn gwatwar.

'Allai ddim gweud pwy . . .'

'O, Cassie!' ebychodd Paul. 'Mae e ddeng mlynedd yn iau na ti, yn actor rili golygus, rili llwyddiannus. Gall e gael unrhyw ferch – modelau, actoresau *glam* . . . Pam wyt ti'n meddwl fyddai e ishe ti?'

Grêt! Roedd hi'n amlwg nad oedd Paul yn ei gwerthfawrogi hi na'i phwerau rhywiol o gwbl!

'Wel mae e, ocê? Mae e 'di gofyn i fi fynd mas 'dag e.'

'Pryd?' gofynnodd Paul yn anghrediniol.

'Pan wnes i'r cyfweliad 'da fe.'

'Dwi ddim yn dy gredu di.'

''Sdim rhaid i ti,' dywedodd Cassie.

O, sut ddiawl oedd hi'n mynd i gael gwared o hwn? Eisteddodd wrth ei ochr a gafael yn ei law. Ceisiodd gofio geiriad golygfa debyg o'r ffilm *Sex and the City* rhwng cymeriad Samantha a'i chariad ifanc golygus, Smith, pan oedd yn rhaid iddi orffen gyda'i *toy-boy*.

'Gwranda, Paul, mae'n ddrwg 'da fi. Dylen i fod wedi dweud wrthot ti ers sbel. Dyw pethe heb fod yn iawn rhyngddon ni . . . Dwi ishe mwy. Dwi ishe rhamant, dwi ishe cariad pur . . . Ni'n dau ishe pethe gwahanol.'

'Ond dyna beth dwi 'i ishe hefyd,' meddai Paul gan wasgu'i llaw.

'Wy'n gwybod bod hyn yn anodd ei dderbyn, ond

dwi ddim ishe fe 'da ti . . . A dyw hi ddim yn deg 'mod i'n esgus dy garu di.'

Syllodd Paul arni am rai eiliadau a chodi ar ei draed, â'i lygaid yn oer. 'Cassie, dwi'n teimlo trueni drosot ti. Ma' 'da ti obsesiwn am ffantasi . . . Ti'n gwastraffu dy fywyd yn cwrso breuddwyd. Dwi'n meddwl y dylet ti fynd i weld shrinc neu rywbeth – ti off dy ben.'

'Dy farn di yw hynny,' dywedodd Cassie'n swta. 'Wnei di fynd nawr plîs? Wna i bostio'r DVDs 'na atat ti.'

Ysgydwodd Paul ei ben yn drist wrth adael y fflat.

Tynnodd Cassie anadl ddofn. Oedd, roedd yn rhaid iddi aberthu ei pherthynas gyda Paul er mwyn cael unrhyw siawns gyda Ieuan. Trodd yn ôl at ei chyfrifiadur a syllu ar y rysáit am wenwyn a ymddangosai ar y sgrin. Roedd yn holl bwysig ei bod yn cael y cynhwysion yn gywir . . .

Roedd Cassie ar bigau'r drain wrth dynnu'r darn o gacen siocled allan o'i bag yn llawn seremoni. Roedd hi wedi gwneud yn siŵr bod Fiona a John wrth eu desgiau ac yn ei gwylio fel dau wenci, fel arfer. Ie, ychydig o 'foddion' a byddai Fiona druan yn methu stumogi cwrdd â Ieuan. Pesychodd yn uchel gan droi ei golygon at y ddau benbwl yn y cornel. 'Dwi 'di cael digon ohonoch chi'n dwyn fy mwyd i o'r ffrij,' meddai. 'A dwi'n eich rhybuddio chi nawr mai dim ond un darn o'r deisen siocled gartre 'ma sy 'da fi ar ôl – a fi pia fe, ocê?!'

Sylwodd yn syth fod llygaid Fiona'n sgleinio mewn trachwant. Gosododd Cassie'r gacen yn yr oergell gan wybod y byddai ei chynllun yn llwyddo. Dychwelodd at ei desg a throi at hafan *Wikipedia*. Roedd yn rhaid iddi wneud gwaith ymchwil ar *Glo yn y Gwaed*. Wedi'r cwbl, roedd amser yn brin!

Fore trannoeth, cyrhaeddodd Cassie'r gwaith a sylwi'n syth nad oedd Fiona wrth ei desg. Crechwenodd. Roedd yn amlwg bod ei chynllun wedi llwyddo. Ni allai ofyn lle'r oedd Fiona. Byddai John yn sicr o amau ei chymhellion dros fecso dam, gan ei bod yn amlwg ei bod yn casáu'r dorth dew.

Ond doedd dim rhaid iddi aros yn hir. Daeth Edward i mewn i'r swyddfa, yn gwbl *stressed*. Cyhoeddodd yn ddiflas, 'Reit, chi'ch dau, mae Fiona off yn sâl gyda gwenwyn bwyd.'

Ffugiodd Cassie gydymdeimlad, 'O, druan â hi. Wel, mae'n un o *occupational hazards* arferion Fiona druan, sbo.'

'OMG!' ebychodd John yn or-ddramatig. 'Ble mae hi? Ydy hi'n ocê?'

'Ma' hi 'di dod allan o'r ysbyty, ond bydd hi i ffwrdd o'r gwaith am wythnos o leia.' Roedd hi'n amlwg nad oedd Edward yn poeni taten amdani chwaith, wrth iddo dytian o dan ei anadl.

Pesychodd Cassie'n boléit. 'Wel, Edward, dwi'n fwy na pharod i helpu a chymryd peth o'r baich. Wna i sortio'r *shoot Glo yn y Gwaed* 'na i chi os y'ch chi'n moyn . . .' Gwenodd fel giât – bonws oedd hyn! Edrych yn dda o flaen Edward *a* sicrhau ei chyfarfod nesa gyda Ieuan ar yr un pryd!

''Sdim ishe i ti,' dywedodd Edward yn siort.

Be ffwc? Doedd e ddim wedi canslo, oedd e?

'Ma' rhywun arall 'da fi mewn golwg.'

'Pam, pwy sy'n ei wneud e?' holodd Cassie, gan geisio cadw'i llais yn wastad.

'Wel, Lois, yn amlwg. Mae hi wedi gorffen golygu *Kate a Wills: Môn Amour* nawr.'

Lois ffacin Lane! Be ddiawl? O, roedd Edward yn gymaint o dwat! Dylai hi fod wedi gwenwyno'r twpsyn diawl yna hefyd tra oedd hi wrthi.

'Ond Edward, fi gafodd y *gig* i ddechre, ac mae gen i *rapport* 'da Ieuan nawr. Gofyn yn benodol i *fi* ddod i'r set wnaeth e, wedi'r cwbwl . . .'

'Ie, a gest ti wneud y cyfweliad cynta, Cassie. A bod yn onest, roedd yr eitem yn eitha gwan. Roedd hi'n amlwg bod dy feddwl di'n rhywle arall pan ffilmiest ti hi. Un siot saethest ti – *close-up* o'i wyneb e! Fe ofynna i i Lois ddod i dy weld di er mwyn i ti ei briffo hi.'

Roedd John yn piffian chwerthin wrth ei ddesg. Agorodd Cassie ei cheg i ddadlau rhagor, ond cododd Edward ei law i'w thewi a throi at John.

'John, bydda i ishe ti i bitsho mewn gyda gwaith Fiona, a rhoi'r stwff sy'n weddill i Cassie,' meddai.

Gwenodd John yn faleisus ar Cassie. 'Iawn, bòs,' atebodd. Dwy awr yn ddiweddarach, doedd Cassie heb wneud iot o waith. Roedd ei pherfedd yn corddi mewn panig wrth feddwl am Lois yn cael ei chyfle hi gyda Ieuan. Ond roedd hi'n methu'n lân â meddwl am ffordd i rwystro'r peth rhag digwydd. Ni allai fentro achos arall o 'wenwyn bwyd'. Byddai aeliau'n codi, a hithau yn y ddalfa! Na, rhaid bod opsiwn arall . . .

'Cassie! Haia!'

O, *shit*! Pwy oedd hon nawr? Lois ei hun! Edrychodd Cassie ar y fenyw arall yn llawn eiddigedd. Roedd hi'n brydferth fel model, a'i gwallt wedi'i drefnu'n gyrls celfydd o gwmpas ei hwyneb. Roedd hi'n *drop-dead gorgeous*, a chanddi bersonoliaeth siwgr-candi troëdig oedd yn denu dynion a merched fel ei gilydd. Ond gwelai Cassie drwyddi – ast fach or-uchelgeisiol oedd hi yn y bôn. Llynedd, dywedodd cylchgrawn *Clecs* ei bod hi wedi cael bŵbs silicôn er mwyn cysgu gyda hanner comisiynwyr y BBC ac S4C i gyrraedd y top. A doedd *Clecs* – cylchgrawn dychanol gyda chyfranwyr anhysbys o *trolls* a godai wrychyn hoelion wyth y 'pethe' Cymreig – byth yn dweud celwydd. Wel, heblaw am yr erthygl uffernol yna am Ieuan Bythwyrdd a'i hoffter o *rent-boys* a'r pennawd hurt yna, 'Ieuan Chwyth-wyrdd!'

Trodd Cassie ati a ffugio gwên lydan. 'Haia Lois, ti'n ocê?'

'Ydw diolch. Ti'n iawn, calon? Heb dy weld ers ache! Dwi 'di bod *mor* brysur 'da Kate a Wills!'

Roedd Cassie'n casáu pobl oedd yn defnyddio 'calon' fel term cyfarch, ac ar ben hynny, roedd y bitsh dwp yn awgrymu ei bod hi'n ffrindiau gorau gyda'r cwpwl brenhinol. Roedd pawb yn gwybod yn iawn mai'r person agosaf atyn nhw roedd Lois wedi llwyddo i'w gyfweld oedd y ddau Emmanuel – cynllunwyr ffrog briodas Diana. Doedd Cassie ddim yn siŵr ai *has-beens* fel nhw, neu *wannabes* fel Lois oedd waethaf.

'Ie, wel, o'n i'n meddwl bydde dy ddwylo di'n llawn 'da'r ddou 'na.' Gwelodd Cassie ei chyfle'n syth. 'Pam 'sen i'n gwneud yr eitem am y ffilm newydd 'na i ti? Ysgafnu tipyn ar y baich . . .'

'O na, dwi'n siŵr galla i ymdopi!' chwarddodd Lois.

'Wedi'r cwbl, fydd hi ddim yn galed gorfod treulio amser gyda Ieuan Bythwyrdd ar y set! Mae e'n *gorge!*'

'Dwi'n siŵr bydd e'n lico ti, Lois,' crafodd John. 'Bydde ti a fe'n gwneud y pâr perffaith!'

Gwgodd Cassie ar John, y twlsyn diawl, oedd yn amlwg yn ceisio'i brifo.

'O's gen ti unrhyw nodiadau am y ffilm newydd 'ma?' holodd Lois. 'Beth yw ei theitl hi 'to?'

Doedd y blwmin ast ddim wedi trafferthu gwneud unrhyw waith ymchwil! Doedd hi ddim yn haeddu cael cusanu bys bawd troed Ieuan, heb sôn am ei gyfweld.

'*Glo yn y Gwaed,*' dywedodd John, yn ffug-awyddus i helpu.

'Wna i e-bostio'r nodiadau draw atat ti,' dywedodd Cassie'n swta.

'Ffab! Diolch, calon.' Cododd Lois a gafael yn ei helmed.

Diawliodd Cassie hi a'i Vespa bach i uffern. Roedd hi'n meddwl ei bod mor cŵl a *retro* . . . Ac mewn fflach o ysbrydoliaeth, daeth syniad arall i Cassie. Byddai'n drueni petai Lois yn digwydd cael damwain ar y moped yna . . . On'd oedd siwd gyment o nytars ar yr heolydd y dyddie hyn? Gwenodd Cassie wrthi'i hun a dechrau ymchwilio i ddamweiniau motor-beic ar y we. Yffach, meddyliodd, mae'r we mor ffab! Mae modd dod o hyd i unrhyw beth. Siwd yn y byd oedd hi wedi ymdopi cyn i'r adnodd rhyfeddol 'ma ddod i fod?

Deuddydd yn ddiweddarach, roedd y weithred wedi'i chyflawni. Eisteddai Cassie wrth ei desg fel arfer pan ddaeth John tuag ati'n cario amlen fawr a charden, a'u taflu ar ei desg. Edrychodd Cassie ar y garden. Roedd llun o dedi mawr pinc arni'n eistedd mewn gwely yn yr ysbyty a'i fraich mewn rhwymyn. 'Brysia wella'? I bwy ma' hon?' gofynnodd. 'Fiona?'

Atebodd John yn llawn drama, 'Nage, Lois. Syrthiodd y pŵr dab off ei Vespa neithiwr.'

Perfformiodd Cassie llawn cystal â Judi Dench ar ei gorau. 'O, na! Gafodd hi ddolur ofnadw?'

'Wel, mae wedi torri'i thrwyn, dwy o'i hasennau a'i phigwrn. Bydd hi mewn *traction* am wythnose.'

'O, 'na drueni!' tytiodd Cassie wrth arwyddo'r garden gyda chalon yn lle'r dot uwchben yr 'i' yn ei henw. Wel, roedd yr hen ast yn hoffi calonnau o'nd oedd hi?

Camodd Edward i mewn i'r swyddfa, yn fwy cefngrwm a diflas nag erioed. Roedd e'n amlwg yn dwlu ar Lois ac yn ei ffansïo hefyd, y perfyn.

'Glywsoch chi'ch dau am ddamwain Lois? Llithrodd y sgwter ar batshyn mawr o olew yn y maes parcio fan hyn! A bang!' Oedodd Edward yn ddramatig. 'A'th hi lawr fel doli glwt! Lwcus bo' Cled y glanhawr yn dal i wneud ei rownds, neu bydde'r druan fach wedi bod yn gorwedd 'na trwy'r nos!'

'Newyddion ofnadw. Druan o Lois,' dywedodd Cassie'n esmwyth.

'Wel, mae hyn wedi'n gadael ni mewn 'bach o bicil gyda'r pwysau gwaith. Cassie, bydd raid i ti wneud *shoot Glo yn y Gwaed*, a John, ti sy'n gyfrifol am *dub* Kate a Wills.'

Gwenodd Cassie'n faleisus ar John wrth i'w chalon ganu mewn gorfoledd. 'Iawn, bòs!'

Pennod 4

Cassie

Athrawes oedd hi, yn sefyll mewn ystafell ddosbarth fechan. O'i gwisg a chelfi'r ystafell, roedd hi'n amlwg ei bod yn y bedwaredd ganrif ar bymtheg. Roedd coler les ei blows wen yn uchel o amgylch ei gwddf, a'i sgert frethyn laes yn cyrraedd y llawr. Ond teimlai'n rhyfeddol o rywiol a'i gwallt i fyny mewn torch drwsiadus. O'i blaen, roedd un o'i disgyblion, glöwr ifanc yn ei ugeiniau y bu'n ei helpu gyda'i freuddwyd o ennill ysgoloriaeth i astudio yn Rhydychen. Roedd y boen meddwl yn ei lygaid tywyll yn rhwygo'i chalon.

'Ond alla i mo'ch gadael chi – rwy'n eich caru chi . . .'

'Dwi'n gwybod, Ieuan, ond dyma dy siawns fawr di i adael Cwm Gors am byth a gwneud rhywbeth gyda dy fywyd.'

'Wna i ddim gadael hebddoch chi.' Cododd Ieuan a cherdded yn herfeiddiol tuag ati. Rhoddodd ei freichiau o amgylch ei chanol a'i thynnu tuag ato. Cusanodd y ddau, a gwyddai Cassie na allai ei wrthod.

'Ond Ieuan, dwi ddeng mlynedd yn hŷn na ti,' sibrydodd Cassie gan fwytho'i wyneb yn dyner. O, roedd ei chariad at y bachgen hwn mor bwerus, roedd yn codi braw arni!

'Dwi erioed wedi bod eisie caru merch, dwi eisie menyw. Menyw sy'n gallu bwydo fy ysbryd, fy meddwl a 'nghorff.'

Dechreuodd Ieuan ddatod y botymau bach perl ar

ei blows gyda'i ddwylo mawr, garw ac ochneidiodd Cassie'n ddwfn wrth i'w wefusau gusanu ei gwddf . . .

Ieuan – wythnos yn ddiweddarach

'Gwranda, Ieu, mae'n bwysig bo' ti'n gwneud y cyfweliadau 'ma,' esboniodd Felix, ei asiant, wrtho'n bwyllog. 'Rhaid i ti fanteisio ar y cyhoeddusrwydd cyn bod y stori'n mynd yn hen. Ma' 'da ti 48 awr cyn bo' stori arall yn dy fwrw di oddi ar y brig! Bydd rhyw sgandal neu sgŵp mawr arall yn bownd o dorri cyn bo hir. Ma'r Cwîn yn 86 o leia, a fe Phillip bron yn gant – bydd un ohonyn nhw'n siŵr o bego 'ddi cyn hir! Neu bydd Kate Middleton yn cyhoeddi ei bod hi'n disgwyl *twins* neu rywbeth! Ac mae stori fawr am y *Royals* yn *kiss of death* i bawb arall, cofia.'

Crynai dwylo Ieuan ychydig wrth iddo godi'r gwydryn dŵr i'w geg. Cyneuodd sigarét a chwythu'r mwg allan yn feddylgar. Roedd e wedi gobeithio cael sbelen fach yn y Priory, y clinig arbennig i selébs dan bwysau, jyst i ddod dros y profiad echrydus, fel yr awgrymodd Dr Brian, ei seicolegydd, neithiwr. Roedd Felix yn casáu Dr Brian – byddai'n tytio bob tro roedd Ieuan yn ei ddyfynnu – ond y tro hwn, roedd ganddo reswm da dros fynd am hoe yn y Priory. Nid bob dydd roedd dyn yn byw trwy ymosodiad erchyll arno a gweld ei gariad yn cael ei lofruddio o'i flaen, nage?

'Wel, o'dd Dr Brian yn dweud . . .'

'Twll tin Dr Brian,' dywedodd Felix yn syth. 'A dwi ddim yn meddwl lot o'r Priory 'na chwaith. 'Co beth ddigwyddodd i Amy Winehouse! O'dd honna mewn a mas o'r lle fel meddwyn mewn tafarn, a weithiodd

e ddim iddi hi, naddo fe, pŵr dab? Ti'n gwybod bo'
ti'n cael dy ddylanwadu'n rhwydd, Ieu bach. Sa i'n
meddwl ei fod e'n syniad da i ti gymysgu 'da'r *addicts*
'na. A bydd digon o amser 'da ti gael 'bach o *R&R* yn y
Priory pan fyddi di wedi cael y sylw 'ma nawr. Bydd y
cyfryngau wedi anghofio amdanant ti'n ddigon clou,
cred ti fi. Ma'n rhaid i ti achub ar y cyfle nawr yn lle
mynd i chwarae gyda dy bidlen yng nghanol rhyw
hippies mewn *hessian* yn y twll 'na!'

Oedd, roedd Ieuan yn deall yn iawn beth oedd Felix
yn ei ddweud. Ei stori ef oedd stori'r wythnos, ac roedd
e'n mynd i gael sylw gan y wasg beth bynnag a wnâi.
Gallai wastad fynd i'r Priory yr wythnos nesaf . . .

'Ond beth amdana i a Rhun, a'n perthynas ni? Ma'
pawb yn gwybod nawr!' ebychodd.

Wrth gwrs, roedd y stori wedi mynd ar led fel pla wrth
i'r *tabloids* gael gafael yn adroddiadau'r heddlu o'r hyn
a ddigwyddodd go iawn y noson erchyll honno. Eisoes,
cyhoeddwyd sawl *exposé* o'i berthynas e a Rhun yn y
papurau. 'Sex shocker!' 'Ieu is Gay!' sgrechiai'r penawdau,
ac roedd cylchgrawn milain *Clecs*, a'i ohebyddion o
gachgwn anhysbys, wedi coroni'r cwbl gyda'r pennawd,
'Un yn y Tin yn ergyd farwol i Rhun!'. Gwnâi Ieuan
ei orau glas i anghofio'r hyn a ddigwyddodd i Rhun
druan . . . Roedd yr angladd i'w gynnal yr wythnos nesa,
ond roedd e'n ceisio bwrw hwnnw o'i feddwl am y tro.

'Gwranda, dyma dy gyfle di i ymddangos yn sensitif
a chael llwyth o gydymdeimlad. A chael rhoi dy ochr
di o'r stori yn ogystal, lle bod pawb ohonon ni'n gorfod
goddef y blydi erthyglau fflyff 'ma sy'n dyfynnu 'ffrind
agos' i ti bob whip stitsh! Dwi'n rhedeg mas o bethe i'w
bwydo nhw. Ac ma'n nhw'n bownd o droi arnat ti os

na wnei di gyfweliad cyn bo hir,' pregethodd Felix yn ddiamynedd.

Roedd pawb yn y busnes yn gwybod taw'r asiant neu'r artist ei hun oedd yn bwydo straeon lle'r oedd 'ffrind agos' yn cael ei ddyfynnu mewn erthyglau am y sêr. 'Ffrind' i Jennifer Anniston ddywedodd fod Angelina'n hen ast ddiegwyddor, ac wrth gwrs 'ffrind agos' i Lindsay Lohan ddywedodd mai bai ei thad oedd ei gorddibyniaeth ar gyffuriau.

Pesychodd Felix yn ddelicét wrth yfed ei de Earl Grey. 'Ma' angen rhywbeth o lygad y ffynnon arnyn nhw cyn i nhw ddanto a symud 'mlaen at y seren nesa fydd yn barod i rannu popeth er mwyn cyrraedd y brig!' Syllodd Felix arno'n dreiddgar, ei lygaid bach yn pefrio. Doedd dim pwynt dadlau gydag e.

Nodiodd Ieuan ei ben yn dawedog, 'Ocê, ocê, beth yw'r cynllun 'te?'

Pwysodd Felix ymlaen, yn llawn *bonhomie* unwaith eto. 'Da, 'machgen i. Nawr, gwed bo ti a Rhun wedi bod mewn cariad ers misoedd – bo ti wedi cuddio'r ffaith dy fod yn *bi* achos creulondeb y diwydiant ffilm, ac yn poeni beth ddigwyddai i dy yrfa fel *heart- throb*. Ond taw fe oedd dy wir gariad di a'ch bod chi wedi bwriadu "dod allan" ar ddiwrnod Ymwybyddiaeth Hoyw ym mis Medi er mwyn gwneud datganiad positif i'r gymdeithas hoyw a deurywiol – yr LGBTs, neu be bynnag ma'n nhw'n galw'u hunain dyddie 'ma. Bydd y wasg wrth eu bodd, hyd yn oed y *right-wingers*, achos ma'r twats 'na'n deall nawr bo' nhw'n ffaelu pastynnu'r gymuned hoyw rhagor: "Gay tragedy"! Pŵer Pinc, ac yn y blaen!'

Roedd Felix yn ei elfen. Roedd ei fwstás tywyll yn crynu wrth iddo gyffroi, gan roi golwg sinistr braidd iddo. Roedd yn wrthgyferbyniad llwyr i'w wallt perffaith, a sgleiniai'n wyn eirias yng ngolau egwan ystafell y gwesty. Er bod Felix ei hun yn hoyw, roedd yn un o'r bobl hoyw hynny oedd yn edrych i lawr ei drwyn ar hoywon oedd yn hoffi 'gwneud sioe' o'u rhywioldeb. Gan ei fod yn agosáu at ei drigain oed, roedd yn dal i gofio'r cyfnod pan oedd homoffobia'n rhemp a gwrywgydiaeth yn anghyfreithlon. 'Never complain, never explain,' oedd ei arwyddair, ac roedd ei fywyd personol yn breifat iawn, er y gwyddai Ieu fod ganddo gariad selog o'r enw Cliff ers deugain mlynedd, oedd yn cyd-fyw ag e a'u ci Shih Tzu yn Belgravia. Ond doedd neb byth yn gweld y Cliff cysgodog; Felix oedd y ffocws ac yn mynnu'r sylw i gyd. Ac roedd yn amlwg bod y berthynas wedi gweithio'n dda iddyn nhw.

Felix oedd wedi cynghori Ieu i gadw'n dawel am ei dueddiad deurywiol yn y gorffennol. 'Edrych ar Tom Cruise druan, a Travolta – ma'n nhw'n cael eu hambygio'n ddidrugaredd gan y *gutter press*. Taw pia hi nes bod rhaid.' Ac wrth gwrs, nawr roedd 'rhaid', a chware teg i Felix, doedd e ddim wedi rhoi stŵr i Ieu o gwbl am y gyflafan; bu'n gwbl ymarferol, gan drin y digwyddiad fel cyfle busnes, fel pob asiant gwerth ei halen.

Cawsai popeth ei drefnu gan Felix a'i dîm o arbenigwyr PR. Darparwyd cyfreithiwr ar gyfer Ieuan, a delion nhw gyda'r cyfryngau a threfnu gwesty iddo. Roedd Ieu yn ôl yng ngwesty'r Grosvenor, yn ei hoff ystafell, y *penthouse suite*, oedd yn hollol breifat ac yn cynnwys cegin ac ystafell fyw foethus. Doedd e ddim wedi mentro'n ôl i'r fflat eto – doedd e ddim yn meddwl y gallai e byth wneud. A bod yn onest, doedd e heb fod allan trwy'r drws ers cyrraedd y gwesty echnos. Roedd yr heddlu wedi twrio trwy bopeth yn ystod archwiliad fforensig o'r fflat yng Nghaerdydd, ac roedd yr atgofion am yr hyn a ddigwyddodd yn dal yn rhy ffres yn ei feddwl. Mwy na thebyg byddai'n gwerthu'r twll lle pan fyddai'r sgandal wedi mynd yn ebargofiant. Ac roedd y *paparazzi* y tu allan i'w dŷ yn Primrose Hill yn Llundain yn ei gwneud hi'n amhosibl iddo aros yno chwaith. Yn wir, bu News 24 yn darlledu o'r tu allan i'w ddrws ffrynt am ddiwrnod cyfan. Roedd yn chwerthinllyd, braidd, gweld newyddiadurwraig fach ifanc yn ceisio creu stori o flaen drws pren. Roedd llun o'r drws yn cael ei gadw mewn blwch bach ar gornel y sgrin hyd yn oed pan oedd y stori'n symud i rywle arall, rhag ofn y bydden nhw'n colli unrhyw beth.

'Unrhyw ddatblygiad eto, Siân?'

'Dim byd eto, Huw. Ond byddwn ni'n sgwrsio ymhen dwy funud gyda Mr Burns, sy'n byw drws nesa ond un i Mr Bythwyrdd . . .'

Doedd dim syniad gan Ieu pwy oedd y Mr Burns yma, ond dyna ni, os oedd hwnnw'n awyddus i ennill cildwrn trwy siarad rwtsh, clatsied bant. Daethai'r darlledu o'r tŷ i ben erbyn y diwrnod canlynol, ond roedd y sgandal yn dal i lenwi'r papurau dyddiol.

Rhoddodd Felix ei law yn dadol ar ysgwydd Ieuan. 'Gwranda, mi fydda i gyda ti bob cam o'r ffordd i helpu, rhag ofn bydd 'na gwestiynau lletchwith. Wnawn ni ddim ond cytuno i gyfweliadau 'da'r *soft touches*. Rown ni'r *exclusive* mawr cynta i'r pris gore – *OK* neu *Hello*, siŵr o fod – wedyn y briwsion i *Grazia* a'r *Guardian*, nid y *Daily Mail*, achos mae'r hen ast Lucy Jane 'na'n casáu hoywon; *Attitude*, yn amlwg, ac ma' rhaglen *Lorraine* ar ITV dy eisie di hefyd. Ac o'dd y *One Show* yn holi o't ti ffansi rhoi dy farn ar fodelau *androgynous* mewn ffasiwn, a sgwrs ar y soffa 'da Alex wedi 'ny . . .'

'Ma' hynna'n lot,' dywedodd Ieuan, gan amau a fyddai'n llwyddo i gynnal perfformiad sensitif a diffuant gyda chynifer o newyddiadurwyr oedd yn crafu am sgandal.

'Wel, ody! Ac ma' hynny'n beth da. Mae'n dangos mai ti yw stori fawr y funed. Welest ti'r holl *paparazzi* tu fas? Ma' 'na agos i hanner cant mas 'na! Y mwya erioed i ti! Bron cymaint â Prince Harry wythnos diwethaf! Ma' dy stoc di'n uchel, gwboi!'

Man a man i Felix rwbio'i ddwylo mewn llawenydd, cymaint oedd ei frwdfrydedd. Ond doedd Ieuan ddim yn synnu. Roedd wedi gweld Felix yn cyflawni gwyrthiau hefo'i glientaid droeon yn y gorffennol. Pwy allai anghofio sut y llwyddodd i weddnewid gyrfa Kitty Rees – actores ifanc ddigon di-nod mewn cyfres ddrama i blant – y darganfuwyd ei bod ar y gêm, a hithau prin yn 16 oed? Diolch i straeon dirdynnol Felix am farwolaeth mam Kitty o ganser pan oedd hi'n blentyn, a'i brwydr gudd gydag anorecsia, roedd ei gyrfa bellach yn fwy disglair nag erioed.

Roedd hi bellach yn un o brif gyflwynwyr *Teen Talent* ar ITV; hefyd, roedd hi wedi rhyddhau albwm a gyrhaeddodd deg uchaf y siartiau, ac un sengl, *Poor Little Rich Girl*, yn cyrraedd y brig. Ac wrth gwrs, pan dorrodd sgandal Robert Ryan, y pêl-droediwr oedd yn byw bywyd cudd fel 'Roberta Ryan', wel, gan ei fod e'n edrych yn bertach o lawer fel menyw nag fel dyn, llwyddodd Felix i'w arwain i yrfa newydd fel model ar *catwalks* mwyaf Ewrop. Roedd e'n feirniad ar *Britain's*

Next Top Model nawr, diolch i Felix. Dim rhyfedd mai 'Dewin y *Dailies*' oedd ei lysenw ar Fleet Street.

'Nawr, be am yr angladd?' holodd Felix yn ddiflewyn-ar-dafod.

'Dwi ddim ishe mynd,' dywedodd Ieuan yn benderfynol. 'Gorfod wynebu ei deulu fe . . . Alla i mo'i handlo fe, Felix. Ma'n rhaid bo' nhw'n beio fi. Dwi ddim ishe *scene*. Bydd pawb yno'n gwylio . . .'

'Gwranda, bydd e'n *career suicide* os na ei di. Bydd pobol yn meddwl bo' 'da ti rywbeth i'w guddio, neu bo' ti ddim yn becso taten am y crwt.'

'Allen ni roi *spin* arno fe? Gweud nag ydw i ishe tynnu sylw oddi ar yr angladd a denu'r *paparazzi* yno, er parch at y teulu?' holodd Ieuan yn obeithiol.

'Na, fyddan nhw ddim yn fodlon derbyn hynna. Bydd y *paparazzi* yno beth bynnag. Ma' Rhun hefyd yn fwy poblogaidd nag erioed nawr, cofia. Y James Dean newydd, fu farw cyn ei amser . . . A ti'n cofio'r ffys pan na ddangosodd y Cwîn ddigon o gydymdeimlad adeg marwolaeth Diana? O'n nhw ishe'i gyts a'i *garter* hi! Na, bydd raid i ti fynd – mewn siwt ddu, crys gwyn, tei porffor tywyll . . . Popeth yn ei le. Siŵr wneith Karl Lagerfeld dy wisgo di – mae arno fe ffafr i fi. Cei di osod torch chwaethus o flodau ar y bedd – rhosys gwynion, falle . . .'

Cododd Felix a dechrau camu'n ôl a blaen wrth iddo gynllunio'r olygfa yn ei ben.

'Na, na, gwell byth, fioledau! Wy'n cofio darllen bo' Marlene Dietrich a'i chariadon hoyw yn cyfathreb'n gudd trwy ddanfon fioledau at ei gilydd . . .' Roedd llygaid Felix yn pefrio wrth ddychmyu'r olygfa ramantaidd o'i flaen.

'Braidd yn OTT, so ti'n meddwl, Felix?' Doedd Ieuan dal ddim yn gyfforddus â'r syniad o ddangos ei ddeurywioldeb mewn ffordd mor felodramatig.

'Wyt ti ishe bod yn actor difrifol sy'n ennill BAFTAs, neu wyt ti'n fodlon parhau i wisgo teits cyfnod a cholli mas i actorion gwell na ti sy'n fodlon dangos eu gwir bersonoliaethau?'

Roedd llygaid llwyd Felix yn oeraidd nawr wrth iddo geisio darbwyllo'i glient. Ta-ta i'r Felix tadol – hwn oedd Felix awdurdodol, y Felix miniog oedd bob amser yn cael ei ffordd. Y Felix oedd wedi rheoli Laurence Olivier yn ei flynyddoedd olaf; y Felix oedd wedi bachu rôl fythgofiadwy i Joan Collins yn *Dynasty*; y Felix oedd wedi rhoi ail yrfa i Mickey Rourke, hyd yn oed.

Pendronodd Ieuan am eiliad. Roedd e'n medru gweld pwynt Felix. Dyma'i gyfle i fod yn actor difrifol go iawn. Ei docyn aur i'r BAFTA a'r Oscar a'r holl wobrau mawr eraill. Roedd e eisie'r cwbl. Dim ond ambell seren oedd wedi llwyddo i ennill yr EGOT chwedlonol (Emmy, Golden Globe, Oscar a Tony) ac roedd e eisie bod yn un ohonyn nhw, yng nghwmni Gielgud, Audrey Hepburn, Liza a Barbra . . . Wedi'r cwbl, gallai yntau fod yn eicon hoyw hefyd nawr.

'Yn y pen draw, gallai'r drasiedi hon fod yn un o'r pethe gore sydd wedi digwydd i ti a dy yrfa, Ieu, cred ti fi. Ar ôl yr angladd, fe weli di'r rhannau difrifol yn llifo i mewn. Ni eisoes wedi cael cynnig ymgyrch 'da Burberry! Burberry, cofia! O'n i'n ffaelu 'u cael nhw i edrych ar dy bortffolio di llynedd. Ond un cyfle ti'n 'i gael i chwarae dy gardie'n iawn. Paid â'i ffycin wastraffu fe!'

'Ocê, ocê. Ond wnei di sgwaro pethe 'da theulu

Rhun? Sa i ishe iddyn nhw ymosod arna i, a chael ei fam yn poeri arna i yn y fynwent.'

'Paid becso am hynny, blod. Dwi wedi cael sgwrs answyddogol 'da'r heddlu ac ma'n nhw'n dweud bod y teulu'n beio'r *stalker* 'na, nid ti. O'dd 'da Rhun gwpwl o'i *stalkers* ei hun, er nad o'n nhw mor wallgo â dy un di, felly ma'n nhw'n deall fel ma'r busnes 'ma'n gweithio. A byddi di'n creu argraff dda trwy ddod i'r angladd a dangos dy barch a dy golled. Ma' Serena wedi cytuno i fynd 'da ti hefyd, i ddangos ei chefnogaeth, i fod yno i ti . . .'

Arllwysodd Felix G'n'T iddo'i hun yn foddhaus. Roedd yn amlwg bod pob cynhwysyn yn ei le yn rysáit y gacen alaru.

Gwenodd Ieuan. Serena! Eisie rhan *cameo* yn y ddrama oedd hi, mae'n rhaid, gan nad oedd ganddi bripsyn o gydymdeimlad tuag ato fe na Rhun. Y mis diwethaf, dywedodd hi mewn cyfweliad 'emosiynol' yn *Grazia* ei bod hi wedi hen symud ymlaen, taw crysh geneth ysgol oedd ei pherthynas gyda Ieuan, a'i bod hi bellach yn 'ffocysu ar ei gyrfa'.

'Gwranda, wneith e ddim drwg i ti fod gyda dy *ex*, sy'n "deall dy boen di". Bydd e'n dangos i'r merched ifanc ymhlith dy ffans bo' dal gobaith 'da nhw; bo' ti'n *equal opps*, a ddim jyst yn ffansïo actorion gwrywaidd Cymreig!'

Oedd, roedd Felix yn llygad ei le ond, wrth gwrs, roedd ganddo'i agenda ei hun, gan mai fe oedd asiant Serena hefyd. Lladd dau dderyn ac yn y blaen . . . Dyna pam mai fe oedd y gorau. Roedd yn rhaid iddo ddilyn ei gyngor.

Cododd Ieuan a cherdded at y ffenestr i sbecian

allan. Oedden, roedden nhw'n dal yno fel clêr o gwmpas cachu, y *paparazzi* bondigrybwyll. Roedd un wedi trio dod i mewn i'w ystafell yn gynharach y diwrnod hwnnw, wedi'i wisgo fel gweinydd y gwesty. Lwcus bod Felix wedi ateb y drws a'i ddanfon ymaith gyda wiret yn ei glust. O ganlyniad, roedd *bodyguard* enfawr, Clive, yn sefyll y tu allan i'r drws yn ei warchod 24 awr y dydd.

'Paid â mynd allan nes 'mod i wedi cael y pris gorau am y cyfweliad *exclusive*. Mae'n bwysig bo' nhw ddim yn cael dim byd nes bod y ddêl wedi'i gwneud.'

Nodiodd Ieuan yn ufudd. Roedd e mor falch bod Felix yma i wneud yr holl benderfyniadau drosto. Byddai ar goll yn llwyr hebddo.

Pennod 5

Cassie – yr wythnos flaenorol

Roedd Cassie'n gwneud ei gorau i ymddangos yn rhywiol yn *gym* swancus Gwesty Dewi Sant yng Nghaerdydd. Yn ei gwisg ymarfer Adidas (o gasgliad Stella McCartney), teimlai'n hyderus ac yn barod am fflyrtiad sylweddol. Doedd Cassie heb fod mewn *gym* ers ei blwyddyn olaf yn yr ysgol, pan gafodd ei thrawmateiddio gan yr athrawes chwaraeon, oedd yn mynnu bod y merched yn stripio i gael cawod ar ôl gwers, hyd yn oed ar ddiwedd y dydd. Roedd Cassie wedi ceisio ymbilio ar y bitsh Natsïaidd mewn neilon, gan ddweud bod cawod ganddi adre (prin ddeng munud i ffwrdd), ond doedd dim yn tycio, ac roedd y trawma o weld cyrff y merched eraill a chymharu ei chorff hithau'n anffafriol â hwy, wedi suro'i hoffter at ymarfer corff byth ers hynny.

Cymaint oedd casineb y plant at yr athrawes hon nes iddynt roi corff ci marw yng nghist ei char. (Canfuwyd y corff marw ar yr heol, ac awgrymodd Cassie y byddai'n anrheg hyfryd i Miss Proctor.) Fu'r athrawes byth 'run fath wedi hynny, a bu'n rhaid iddi ymddeol yn gynnar oherwydd *stress*.

Ta beth, roedd y cadw'n heini yma'n *cover* gwych iddi gael gweld Ieu ar ei orau. Roedd hi wedi dysgu, diolch i negeseuon Twitter ffans Ieuan, ei fod yn ymarfer corff yn y *gym* yma bob bore rhwng wyth a naw pan oedd e yng Nghaerdydd yn ffilmio. 'OMG! Ieuan Bythwyrdd yn gwneud reps wrth fy ochr i! #sexonlegs' roedd un lembo wedi trydar. Dyma fyddai ei chyfle i wylio Ieuan yn mynd trwy'i bethau, ac efallai gofyn iddo ddod allan am ddrinc i drafod y ffilm . . .

A dyna lle'r oedd e, yn edrych fel athletwr Olympaidd – yn well na Beckham, hyd yn oed. Cerddodd i mewn i'r *gym* yn hyderus ond heb fod yn *flashy*. Roedd yntau'n gwisgo Adidas Stella McCartney, ond o'r casgliad i ddynion. Roedd y fest glas tywyll yn dangos ei gyhyrau a'i siâp perffaith i'r dim. Roedd rhyw chwech o bobl yn y *gym*, a phawb wedi sylwi ar y seren yn eu plith, ond yn nodweddiadol Brydeinig doedd neb am wneud ffws am y peth. Fel un, trodd pawb eu golygon at y sgriniau teledu oedd yn dangos MTV a Sky Sports, ond roedden nhw'n dal i sbecian yn slei ar y seren ddisglair. Gyda *Love to Love you baby* gan Donna Summer yn gyfeiliant addas ar ei iPod, camodd Cassie i lawr o'r *cross-trainer* mor osgeiddig ag y gallai a mynd draw at Ieuan.

Roedd ei chalon yn curo'n fyddarol o uchel, ac nid o ganlyniad i'r ymarfer corff. Dyma gyfle i ofyn i ddyn ei breuddwydion ddod allan ar ddêt . . . Ond yna, pwy ddaeth i mewn ar ei ôl e ond y ffacin Kelli ddiawl yna, PA Ieuan, oedd wastad yn hofran yn rhy agos ato, fel digwyddodd pan oedd Cassie'n ffilmio yn yr Hilton. *Shit*! Feiddiai hi ddim mynd ar ei gyfyl e nawr, a honna yno'n busnesan ac yn crechwenu. Ac wrth gwrs, byddai Ieuan yn teimlo'n swil o'i blaen hi hefyd gan fod yn rhaid iddo ymddangos yn broffesiynol o flaen aelod israddol o'i staff.

Symudodd Cassie at y peiriant rhwyfo, oedd yn rhoi golygfa wych iddi o Ieuan yn codi pwysau. Fel aderyn ysglyfaethus, syllodd ar y diferion chwys yn rhedeg i lawr ei dalcen a'i ên. O, fe hoffai lyo ei wyneb! Fel Mickey Rourke a Kim Basinger yn y ffilm *9½ Weeks*, lle'r oedden nhw'n bwyta'n erotig oddi ar gyrff ei gilydd . . .

Doedd Ieuan na Kelli ddim wedi sylwi arni, a gorau oll. Nid nawr oedd yr amser iawn. Ond roedd hwn yn dal yn gyfle euraid i ddysgu mwy am *routine* dyddiol Ieuan yng Nghaerdydd. Wedi'r cyfan, roedd ganddi wythnos i'w fachu. Penderfynodd ddilyn Ieuan a Kelli ar ôl iddyn nhw adael y *gym*.

Wedi awr o geisio peidio â rhythu gormod ar Ieuan a ffug bwffian wrth esgus ymarfer corff (wel, doedd hi ddim ishe troi'n goch fel cimwch, difetha'i gwallt, a chwysu fel hwch o flaen Ieu), roedd Kelli a Ieuan wedi gorffen, diolch byth. Gadawodd Cassie i ryw hanner munud fynd heibio, yna dilyn ei phrae i'r ystafell newid.

Roedd yn bwysig iddi amseru hyn yn berffaith i sicrhau y byddai'n gadael yr ystafell newid ar yr un pryd â Kelli, er mwyn iddi fedru dilyn Ieu i'w leoliad nesaf. Gwyliai Cassie ei *nemesis* yn yr ystafell newid yn ymbincio ar ôl ei chawod. Roedd yn rhaid i Cassie gyfaddef bod gan y bitsh gorff hynod siapus, er bod y bronnau'n blastig a'r *fake bake* yn drasig. Yn sydyn, teimlai Cassie'n ffiaidd yn sefyll yno gyda'i *cellulite* a'i breichiau bingo'n ei phryfocio yn y drych, ac roedd hyn yn sioc iddi. Teimlai mor brydferth a hyderus bore 'ma wrth wisgo'i siwt Adidas newydd. A nawr roedd Kelli'n sbwylio popeth! Teimlodd y dagrau'n dechrau cronni, a'r lwmp dieflig yna'n codi yn ei gwddf. Na! Dyna beth oedd rhywun fel Kelli ei eisie.

Kelli oedd y *mean girl*, fel y merched afiach hynny yn yr ysgol oedd wedi gwawdio Cassie am fod yn *swot* ac yn *nerd*. Merch fel Kelli oedd wedi danfon y garden San Ffolant ffug at Cassie gan esgus mai Dewi Gibson, ei chrysh ar y pryd, oedd wedi ei hanfon. Roedd Cassie wedi ceisio anghofio'r diwrnod uffernol hwnnw byth ers hynny, ond mewn fflach sylweddolodd fod Kelli yn *doppelgänger* i Stacey Louise, y bitsh mwyaf yn yr ysgol oedd wedi creu embaras i Cassie. A doedd hi ddim wedi teimlo'n flin o gwbl pan gafodd Stacey Louise a Dewi Gibson ddamwain angheuol, a brêcs car newydd Dewi'n methu un noson feddwol rhyw fis ar ôl y digwyddiad gyda'r garden San Ffolant . . .

Ond roedd hynny dros ugain mlynedd yn ôl, ac roedd hi'n fenyw nawr – yn fenyw soffistigedig a galluog a allai gynnig llawer mwy i Ieu na bŵbs plastig a choesau hirion. Gwyddai fod Ieu yn chwilio am brydferthwch mewnol – wedi'r cwbl, pharodd yr ast Serena yna ddim yn hir, naddo? Yn amlwg, roedd e'n chwilio am rywun llai arwynebol, llai plastig. Fel roedd wedi cyfaddef yn *Cosmo* llynedd ar ôl iddyn nhw chwalu: 'Mae'n anodd dod o hyd i ddyfnder ym myd arwynebol tinsel Hollywood.' A 'co'r Sam Taylor-Wood yna – dynes go blaen yn ei phedwar degau'n rhwydo actor ifanc a golygus prin ugain oed! Roedd modd i fenyw fel hithau hefyd fachu dyn golygus fel Ieuan.

Fel y ferch yn yr hysbyseb siampŵ Timotei, roedd Kelli wrth ei bodd yn ysgwyd ei gwallt euraid mewn ffordd cwbl dros-ben-llestri wrth ei sychu. Ysai Cassie am gael tywallt dŵr ar y plwg trydan, neu rywbeth fyddai'n ffrio ymennydd yr ast. Ond roedd gormod o fenywod yn yr ystafell newid iddi fentro dysgu gwers i Kelli.

O'r diwedd, roedd Kelli'n barod yn ei *play-suit* bach glas. Adnabu Cassie'r dilledyn fel rhan o gasgliad newydd McQ (Alexander McQueen), a theimlai'n ddiolwg yn ei ffrog haf o Urban Outfitters. Ac yna gwelodd Ieuan yn aros am Kelli yn y dderbynfa, ei wallt yn gyrliog wlyb ar ôl cael cawod. Cuddiodd Cassie y tu ôl i blanhigyn palmwydd mawr a cheisio clustfeinio ar sgwrs y ddau.

'O'r diwedd, Kell! Be o't ti'n neud mewn fan 'na? Sgrifennu dy ewyllys?!' dwrdiodd Ieuan hi'n chwareus.

'Ti'n un da i siarad! Siŵr bo' ti wedi treulio sbelen 'da'r *masseur* golygus 'na!'

'Ti ishe *brunch* a *wheatgrass smoothie* bach fan hyn 'te?' holodd Ieuan. A cherddodd y ddau tuag at gaffi ecsgliwsif y gwesty.

Dilynodd Cassie'r ddau o bellter synhwyrol. Roedd hyn yn artaith iddi. Mor agos ac eto mor bell – deallai ystyr yr ystrydeb nawr. Ond roedd presenoldeb Kelli'n dal i'w rhwystro rhag tynnu sgwrs gyda Ieuan.

Gobeithiai y byddai'r ddau'n gwahanu ar ôl bwyta, a gallai hi ddilyn Ieuan i'w gartref. Eisteddodd yn ddigon pell, rhag ofn iddynt ei hadnabod. Sylwodd fod Ieuan wedi tynnu ei ffôn o'i boced a'i fod yn edrych ar ei negeseuon. Tynnodd ei ffôn hithau o'i bag a mewngofnodi i Twitter. Penderfynodd ddanfon neges chwareus at Ieuan, 'O't ti'n edrych mor secsi yn y *gym* bore 'ma. Trueni bod y flonden gyda ti. O'n i ishe gofyn i ti ddod allan am ddêt . . . xxx'.

Wrth iddi yfed ei *wheatgrass smoothie* (ych!) yn ofalus, gwelodd ef yn darllen ei neges, a'i ael yn codi'n chwilfrydig. Sylwodd na ddangosodd y neges i Kelli – ha! Roedd yn amlwg ei bod hi wedi llwyddo i'w swyno gyda'i thrydariad. Nawr oedd ei chyfle: 'Be am gwrdd heno? 9pm, bar y Park Plaza? Bydd gen i rosyn coch yn fy ngwallt aur. #edrychfelcamerondiaz.'

Roedd ei dwylo'n crynu ar ôl iddi ddanfon y neges. Oedd hi wedi mynd yn rhy bell? A fyddai'r fath wahoddiad ewn yn codi ofn arno? Roedd e wedi arfer mynd mas gyda merched bach sili fel Serena, nid dynes gref fel hi, Cassie, oedd yn barod i rwydo'i dyn a bod yn *cougar* go iawn!

Arhosodd i'r ddau orffen, ac unwaith eto, dilynodd hi nhw. O'r diwedd, roedden nhw'n gwahanu. Rhoddodd Ieuan gusan i Kelli (un braidd yn rhy hir a bod yn onest) cyn neidio i'w gar Porsche Boxter du. Roedd Cassie'n barod i'w ddilyn yn ei Mini pan sylwodd fod y dyn o dderbynfa'r gwesty'n sefyll o flaen ei char. O, *shit*! Beth oedd hwn moyn nawr? A welodd e hi'n dilyn Ieu? *Balls*! Agorodd ffenest y car yn anfodlon. 'Ie?' holodd yn swta wrth wylio car Ieuan yn gadael y maes parcio. Cachu hwch! Byddai'n ei golli e nawr achos y twlsyn yma.

'Fe adawsoch chi'ch bag yn y caffi, madam,' dywedodd y boi'n boléit, gan estyn ei bag dillad ymarfer corff iddi.

'Diolch,' dywedodd Cassie, gan afael yn ddiseremoni yn y bag, a'i heglu hi allan o'r maes parcio mor sydyn nes y bu bron iddi redeg dros ei droed. Ond roedd hi'n rhy hwyr. Doedd dim golwg o gar Ieuan yn unman. Damo! Ond cysurodd ei hun y byddai'n ei weld unwaith eto ymhen ychydig oriau, a'r tro hwn byddai hi'n eistedd yn y Porsche yna.

Y prynhawn hwnnw, treuliodd Cassie oriau'n ymbincio ar gyfer y 'dêt mawr' yn y Park Plaza. Gwyddai ym mêr ei hesgyrn y byddai Ieuan yn dod i gadw'r oed. Roedd hi wedi danfon neges Twitpic ato, yn dangos ei dillad isaf newydd, gydag un gair – 'Heno . . .'. Yna, chwe neges arall yn dangos gwahanol rannau o'i chorff: ei gwefus, ei llaw, ei llygaid (roedd ei llygaid gwyrdd yn brydferth iawn, meddai Paul), ei gwddf ac ymchwydd ei bron. Un gair oedd yn gyfeiliant i bob un: methu, aros, nes, inni, gwrdd, wedyn. Roedd y ffrog Marni liwgar yn barod, ei gwallt mewn *chignon* celfydd, diolch i ddoniau Toni and Guy, ei cholur a'i bag Mulberry'n berffaith. Clipiodd y rhosyn bychan wrth ei chlust – mor rhamantaidd, yn union fel Linda Darnell, actores o'r 1940au, yn y ffilm *noir Fallen Angel* . . .

Caeodd ei llygaid ac arogli'r rhosyn, gan deimlo'i wefusau ar ei gwddf.

'Allwn ni ddim dal i gwrdd yn gyfrinachol fel hyn,' mwmiodd yn ei chlust. 'Rhaid i ti ddweud wrtho fe amdana i . . .'

Llithrodd deigryn bychan i lawr ei boch wrth iddi droi i'w wynebu. 'Ond bydd e'n dy ladd di os daw e i wybod amdanon ni. Alla i ddim peryglu dy fywyd di, Ieu!'

Gafaelodd yn ei llaw yn dyner. 'Fy mhenderfyniad i yw hynny. Ac mae gen i ddryll yn barod . . .'

Teimlodd fraw yn ei bron wrth glywed y gair 'dryll': 'Paid! Dwi ddim ishe dy golli di! Ti'n gwybod pa mor beryglus yw Don . . . Ti'n cofio beth ddigwyddodd i Sam? A dim ond dwyn ei arian wnaeth e!'

Mwythodd Ieuan ei bron, a theimlodd hithau'r chwant yn ffrydio drwy ei chorff. 'Dwi ishe bod gyda ti am weddill fy oes, ac os oes raid i fi ladd Don, wel, mi wna i. Gallwn ni wastad ddianc i Mecsico a dechrau bywyd newydd . . .' Dechreuodd ei dadwisgo'n dyner, ac ildiodd hithau i'w gusan ar wely oedd yn llawn petalau rhosynnau cochion . . .

'*Gin and tonic, please.*' Roedd hi 'bach yn gynnar ac roedd bar y Park Plaza yn eitha llawn ond ddim yn ormodol felly. Roedd y cwsmeriaid eraill hefyd yn ddigon soffistigedig i beidio â haslo Ieuan yn ormodol. Roedd hi'n methu aros i'w weld. Danfonodd drydariad arall ato, 'Yn barod amdanat f'anwylyd. #methuaros'.

Ond aeth un G a T yn ddau, ac yna'n dri, wrth i'r hanner awr droi'n awr, a dechreuodd Cassie aflonyddu wrth i'r bar lenwi, a dim sôn am Ieuan. Bob tro y gwelai ddyn tal, gwallt golau'n cerdded trwy'r drws, curai ei chalon yn gyflymach a chodai ei gobeithion, ond cael ei siomi a wnâi bob tro. Daeth rhyw dwlsyn di-chwaeth mewn esgidiau *slip-on* anffodus a chrys-T afiach o isel draw ati, yn drewi o ryw *aftershave* pisho cath rhad a gofyn os oedd hi eisiau diod.

'Dwi ishe llonydd, dwi'n aros am rywun!' snapiodd yn swta. Petai Ieuan yn ei gweld yn siarad â'r mwnci yma, byddai ar ben arni.

'Dyw e ddim mewn hast i droi lan, odyw e?' crechwenodd y boi, cyn troi ei gefn a dechrau sgwrs gyda merch anffodus arall wrth y bar.

Danfonodd Cassie drydariad arall, 'Lle wyt ti, dyn

fy mreuddwydion? #arbigaurdrain'. Ond wedi dwy awr o aros, sylweddolodd nad oedd e'n dod. Gobeithiai nad oedd dim byd wedi digwydd iddo – damwain neu rywbeth. Ond doedd dim stori am ddamwain ar-lein. A oedd e wedi gweld y negeseuon Twitter? Efallai nad oedd e. Rhedodd gwahanol resymau trwy ei meddwl wrth iddi deithio adre yn y tacsi. Syllodd eto ar ei gyfrif Twitter, ac roedd e newydd ddanfon neges, 'Annwyd heno a golygfa bwysig fory. Unrhyw tips i fi wella'n gyflym?' Ac roedd wedi trydar llun ohono'i hun yn edrych yn druenus yn ei wely'n gwisgo gŵn wisgo ddu, debyg i un Noel Coward, ac yn magu potel o Lucozade. Edrychai'n hynod rywiol hyd yn oed pan oedd e'n sâl. Tynnodd Cassie ochenaid o ryddhad. Diolch byth! Roedd e'n sâl! Doedd e ddim wedi peidio dod yn fwriadol. Falle'i fod e wedi bod yn rhy sâl i ddarllen ei negeseuon. Danfonodd neges fach ato: 'Cariad yw'r moddion gorau. #nyrsnoti. xxx'. Pe bai ganddi ei gyfeiriad a'i rif ffôn, fyddai dim rhaid iddi ddibynnu ar Twitter. Cysurodd ei hun trwy gofio y byddai'n treulio diwrnod cyfan gydag e fory . . .

Roedd Cassie yn ei helfen ar set *Glo yn y Gwaed* mewn hen gapel ar dir Amgueddfa Werin Sain Ffagan (y fan lle byddai pob criw ffilm yng Nghymru'n ei ddefnyddio ar gyfer dramâu cyfnod), yn annerch torf o 'lowyr' o'r bedwaredd ganrif ar bymtheg. Roedd Ieuan, yn naturiol, yn portreadu arwr y ffilm, sef Ianto Morris, arweinydd y glowyr yn erbyn gormes Cadwaladr Roberts, perchennog creulon y pwll. Roedden nhw'n ffilmio yn y capel achos mai golygfa angladd oedd hon, oherwydd bod sawl glöwr wedi marw mewn damwain a achoswyd gan esgeulustod Roberts.

Roedd y dyn camera a'r dyn sain oedd yn ffilmio'r eitem ar gyfer *Celf yn Unig* yn ddau hen law, ac roedd hi wedi rhoi cyfarwyddiadau manwl iddynt eu dilyn. Doedd dim angen iddi hofran o'u cwmpas. Ieuan oedd ei ffocws hi. Ni allai gredu ei bod yma o'r diwedd yn ei wylio'n perfformio, a hynny mewn sedd â golygfa arbennig yn y galeri. Roedd hi'n siŵr bod Ieuan wedi trefnu gyda'r is-gyfarwyddwr mai hi fyddai'n cael y sedd orau. Teimlai'r cyfan fel breuddwyd. Edrychai Ieuan yn hynod o olygus heddiw, yn fwy felly nag yr oedd yng ngwesty'r Hilton, hyd yn oed. Roedd wedi ei wisgo fel glöwr cyffredin mewn cap, trowsus brethyn a gwasgod, a rhuban du am ei fraich i ddangos galar. Doedd e heb siafio ers rhai dyddiau, ac roedd olion llwch glo ar ei ruddiau. Roedd y wasgod frethyn yn dangos ei gefn a'i ysgwyddau llydan i'r dim. A'r clos pen-glin tyn yna . . .

Yr unig ddrwg yn y caws oedd y blydi Kelli felltigedig yna. Roedd hi'n glynu wrth ochr Cassie fel dom ci wrth *stilettos*. Roedd Cassie wedi gobeithio cael cinio bach preifat gyda Ieuan yn ei drelar gynne, ond mynnodd hi Kelli fod cyfarfod pwysig gyda nhw. A bu raid i Cassie fwyta'i *spag bol* a'i *spotted dick* gyda'r blydi criw! Ond nawr roedd ganddi brynhawn cyfan o'i blaen i wylio Ieuan yn mynd trwy'i bethe. Druan bach, o'dd e'n dal yn welw, a'r annwyd yna'n dod ag elfen secsi ychwanegol i'w berfformiad, gyda thinc o grygni yn ei lais. Ac o, roedd hi'n anodd cadw rheolaeth drosti'i hun wrth ei wylio'n annerch y dorf, ei lygaid gleision yn danbaid, ac esgyrn ei fochau mor siarp â chyllell . . .

'Nid glo yn unig yw hwn i ni. Mae'n rhan ohonon ni. Yn rhedeg trwy'n gwythiennau. Dyma'n hanes ni, ein dyfodol ni . . . Ry'n ni'n deulu ac mae'n rhaid i ni sefyll yn gadarn yn erbyn ein gormeswyr . . . yn erbyn rhagrith a brad Cadwaladr Roberts a'i ddynion. Mewn undod mae ein nerth. Allwn ni ddim ildio. Rhaid i ni ymladd er cof am ein brodyr sy'n gorwedd yma heddiw oherwydd esgeulustod a difaterwch Cadwaladr Roberts!'

Bu bron i Cassie lewygu yn y fan a'r lle. Gyda hyn, dechreuodd y dorf o'i gwmpas weiddi eu cymeradwyaeth, yn union fel dilynwyr Braveheart.

'*Cut! That's a wrap!*' Gwelodd Cassie'r cyfarwyddwr, y stereoteip arferol o ddyn canol oed barfog â chap *baseball* am ei ben, yn cerdded tuag at Ieuan.

'Anhygoel, bobol, anhygoel. Ieuan, dwi'n gallu arogli Oscar yma yn siŵr i ti . . .' dywedodd y cyfarwyddwr gan roi ei fraich yn frawdol am ysgwyddau Ieuan. Gwenodd Cassie'n falch wrth glywed hyn. Roedd hi mor browd ohono. Gallai eu gweld nhw nawr yn yr Oscars gyda'i gilydd. Byddai hi'n gwisgo ffrog gan Vera Wang – un ddu, hir, les – gyda Ieuan wrth ei hochr yn ei *tuxedo* Armani. Byddent yn eistedd ar yr un bwrdd â Brad ac Angie a Penélope a Javier . . . A byddai'r *paparazzi* yn paratoi proffil ohoni hi ym mhob un o'r cylchgronau fel 'Gwir Gariad Ieuan Bythwyrdd'. Gallai weld yr erthygl yn *Grazia* yn glir yn ei dychymyg:

> *Er bod dros ddeng mlynedd rhwng Ieuan Bythwyrdd a'i gariad, Cassandra 'Cassie' Jones, roedd yn amlwg i bawb yn yr Oscars mai dyma'r berthynas fwya didwyll yn Hollywood . . . Anghofiwch Mariah Carey a*

Nick Cannnon, a Sam Taylor-Wood ac Aaron Johnson, dyma'r cougar newydd ar y bloc! Roedd y ffaith bod Ieuan wedi talu teyrnged i Cassie ar y llwyfan wrth dderbyn ei Oscar, gan ddiolch iddi am roi ei serch iddo, yn adrodd cyfrolau. Dyma'r tro cyntaf i'r seren ifanc ddiolch i un o'i gariadon wrth dderbyn anrhydedd. Ond pwy yw'r fenyw garismataidd sydd wedi cipio calon yr actor golygus?Beth yw ei chyfrinach? Fe wnaethon ni ei holi drannoeth yr Oscars yng ngwesty Beverly Hills i ddysgu mwy . . .

Y peth cyntaf sylwais i am Cassie Jones oedd ei llygaid gwyrdd trydanol – fel dwy emrallt yn disgleirio yn ei phen. Mae hi'n ddynes petite, 36 oed a phob tro yn ei chorff siapus yn ei le. Gwisgai ffrog haf wen Prada a sandalau Louboutin porffor am ei thraed bychain. Roedd ei gwallt aur yn don o gyrls chwaethus ar ei hysgwyddau. Oedd, roedd hi'n amlwg pam bod Ieuan Bythwyrdd wedi syrthio am y cynhyrchydd teledu o Gaerdydd. Roedd hi'n secsi, ond eto'n gynnes a llawn diddordeb yno f i fel person ac nid fel newyddiadurwraig. Holodd a oeddwn i wedi cael brecwast, ac archebodd wyau Benedict a choffi Colombaidd cryf i ni'n dwy.

'Dwi fel pechod os na chaf i 'nghoffi,' chwarddodd Cassie wrth dywallt. 'Mae Ieuan yn gwneud hwyl am 'y mhen i achos weithie dwi'n cario fflasg fach o goffi gyda fi – rhag ofn!'

'Sut deimlad yw hi i fod yn Hollywood gyda Ieuan?' holais, wrth i mi wylio ei dwylo medrus yn torri'r wyau meddal yn ddarnau bychain.

'Mae'n ffantastig,' gwenodd Cassie. 'Dwi wedi gweld cymaint o ffilmiau gwych a chyfarfod â phobl ffantastig, ac wrth gwrs mae'r lleoliad yn unigryw *ac yn llawn hanes.'* Ac yn wir, nid bimbo *mo Cassie Jones; enillodd ei gradd uwch mewn Ffilm a Theledu yn un o brifysgolion gorau Prydain, gan arbenigo mewn Ffilm Eidalaidd.*

'A sut mae Ieuan yn mwynhau'r holl sylw?'

'Ma' Ieuan wrth ei fodd, ac wrth gwrs mae'n goron *ar y cyfan ei fod wedi ennill yr Oscar. Er ei fod e wedi hen arfer â byw yma, mae e wedi bod yn garedig iawn yn dangos yr holl atyniadau i fi hefyd.'*

Bydd Ieuan, yr actor ifanc byd-enwog, yn Cannes yn hwyrach eleni i ddangos ei ffilm newydd, Glo yn y Gwaed. *Mae gan Cassie ddiddordeb personol yn y ffilm, gan mai ar set y cynhyrchiad Cymreig y syrthiodd hi a Ieuan mewn cariad . . .*

'Wel, roeddwn i wedi mynd i gyfweld ag e fel rhan o 'ngwaith, ac heb ddisgwyl o gwbl y byddai unrhyw chemistry *rhyngddon ni, ond fe syrthion ni am ein gilydd yn syth. Dyna un o'r rhesymau pam mai* Glo yn y Gwaed *yw un o fy hoff ffilmiau!'* Gwenodd Cassie'n swil wrth iddi chwarae gyda'r fodrwy Chanel *fechan ar ei bys (anrheg wrth Mr B, mae'n rhaid!).*

Ydy hi'n ei gweld hi'n anodd mynd allan gyda dyn sydd nid yn unig ddeng mlynedd yn iau na hi, ond sydd hefyd yn heart-throb *i filiynau? Sut mae hi'n delio gyda'r sylw, ac yn fwy na dim, ymdrechion merched eraill i ddenu ei seren o gariad?*

'Wel, ma' Ieuan yn sensitif iawn i 'nheimladau i. *Wrth gwrs, mae'n rhoi lot o amser i'w ffans ond mae'n sicrhau mai fi sy'n dod yn gyntaf. Mae e'n mwynhau bod gyda menyw sy'n hŷn na fe, medde fe – dim gemau, dim pwysau, jyst mwynhau cwmni'n gilydd. Y'n ni'n parchu'n gilydd yn fwy na dim.'*

Fe glywais si yma yn L.A. mai Cassie fydd yn gweithio fel Rheolwr newydd Ieuan.

'Wel, ydy, mae hynny'n wir. Bydd Ieu yn dal i weithio'n agos gyda'i asiant, Felix Cunningham, ac mi fydda i'n edrych ar ôl ei fusnes e o ddydd i ddydd. *Rhyw* Girl Friday, *mewn gwirionedd!*'

Ydy hyn yn dacteg fwriadol gan Cassie i gadw llygad ar ei chariad? Mae Ieuan wedi bod yn dipyn o foi lle mae merched yn y cwestiwn yn y gorffennol . . .

Chwarddodd Cassie. 'Fel pob dyn ifanc golygus, mae gan Ieuan ei orffennol. Ond na, fe *ofynnodd i fi weithio 'da fe, a bydd hi'n gyfle i ni ddatblygu prosiectau ffilm a theledu ar y cyd gyda'n cwmni newydd, Ffilmiau Bythwyrdd . . .'*

Ond tarfwyd ar ei meddyliau pleserus wrth i'r ast Kelli godi o'r galeri a dechrau cerdded i gyfeiriad y grisiau. *Shit!* Byddai hon yn bachu Ieuan cyn iddi hi Cassie gael cyfle i fynd ato! Symudodd Cassie mor gyflym â llysywen tuag at y grisiau. Edrychodd o'i chwmpas. Dim ond hi a Kelli oedd ar y grisiau. Fel petai rhyw bŵer arallfydol yn ei rheoli, gwyddai beth oedd yn rhaid iddi ei wneud. 'Kelli! Ma' rhywbeth 'da ti ar dy gefn . . .' A chyn i Kelli gael cyfle i droi'n iawn, roedd Cassie wedi ei gwthio (ddim yn rhy galed – roedd yn bwysig bod pawb, gan gynnwys Kelli, yn meddwl mai damwain oedd hi). Gyda sgrech fyddarol, syrthiodd Kelli fel eirlithriad o gotwm, lledr ac *extensions* aur i lawr y grisiau â chlep, a disgyn yn swp fel doli glwt ar y llawr, ei llygaid glas yn syllu'n ddi-weld ar y nenfwd.

'Kelli! O, na! Ti'n iawn?' Rhedodd Cassie i lawr y grisiau fel Meryl Streep ar ei gorau. Roedd pawb wedi clywed y sgrech, ac erbyn iddi gyrraedd y gwaelod, roedd cwpl o aelodau'r criw eisoes wedi dod i weld beth oedd achos yr holl stŵr.

'Be ddigwyddodd?' holodd Jim, yr is-gyfarwyddwr, mewn panig, yn amlwg yn poeni mwy am amserlen y ffilm nag am drallod Kelli.

Gwnaeth Cassie'n siŵr fod Kelli'n anymwybodol cyn ymateb yn llawn panig, 'Sa i'n siŵr. Dechreuodd hi gerdded lawr y stâr, ac mae'n rhaid ei bod hi wedi baglu ar ei sawdl a syrthio. Fydd hi'n iawn?'

'Ma' pŷls gyda hi, o leia,' dywedodd Jim gydag ochenaid o ryddhad wrth dynnu'i ffôn symudol o'i boced a galw am ambiwlans.

Wrth i'r dorf gynyddu, bachodd Cassie ar y cyfle i siarad â Ieuan, oedd newydd ddod draw i weld beth oedd yr helynt. 'Ti'n ocê, Ieu?' holodd Cassie, a rhoi ei llaw ar ei fraich.

'Odw, ond be sy'n bod ar Kelli?' holodd Ieuan yn llawn consyrn.

'Druan fach,' dywedodd Cassie'n dyner. 'Baglodd hi dros ei Manolos, a lawr â hi fel sach o dato!'

Ha! Roedd disgrifio Kelli felly'n siŵr o fod yn tyrn-off i Ieu. Cyn iddi gael cyfle i awgrymu y dylen nhw ill dau fynd i'w drelar am baned o goffi, neu rywbeth cryfach, i ddod dros y sioc, roedd Ieu wedi rhedeg draw at y dorf oedd bellach yn amgylchynu Kelli. Cafodd Cassie fflach o ysbrydoliaeth. Dyma gyfle perffaith iddi gael busnesu yn nhrelar Ieu. Roedd hi wedi bod yn ysu am gael pip!

Sgipiodd Cassie ar draws y maes parcio gan glywed seiren ambiwlans yn nesáu. Syllodd o'i chwmpas yn ofalus, ond doedd dim golwg o neb. Roedd damwain Kelli wedi tynnu sylw pawb, oedd yn handi iawn. Gwenodd iddi'i hun wrth agor drws y trelar a chamu i mewn fel llygoden. Roedd y tu mewn yn eithaf moel ac, er mawr siom iddi, fel carafán gyffredin mewn gwirionedd, heb fawr o ddeunydd personol ynddi – dim ond soffa a bwrdd bychan a *mini-fridge*. Sylwodd ar grys-T yn gorwedd ar y llawr. Cydiodd ynddo – rhaid taw crys Ieuan oedd e, a llun o Jimi Hendrix arno. Aroglodd y defnydd yn ddwfn i'w hysgyfaint. Mmm! Persawr boy/girl, wrth gwrs. Plygodd y crys-T yn fychan a'i roi'n ofalus yn ei bag. Byddai'n cysgu ynddo bob nos. A beth oedd hwnna ar y bwrdd? Ffôn Ieuan! Jacpot! Gafaelodd Cassie yn y ffôn yn awchus – nawr gallai gael ei rif. Rhoddodd ei rhif hi yn y ffôn a'i ffonio o ffôn Ieuan. Gwelodd y rhif yn fflachio ar ei sgrin – bingo! Gallai anfon tecsts ato nawr, a'i ffonio fe hefyd. Edrychodd trwy ei e-byst yn frysiog. Doedd dim byd yno o ddiddordeb mawr, heblaw am ei gyfeiriad e-bost, wrth gwrs. Tynnodd feiro o'i bag a nodi'r cyfeiriad ar ddarn o bapur.

Yna cafodd syniad gwych. Cododd ei blows yn gyflym ac anelu camera ffôn Ieuan at ei bronnau mawr. Roedd hi wedi gwisgo'i dillad isaf gorau heddiw rhag ofn y byddai Ieuan yn eu gweld – set ddu les o Rigby and Peller, oedd yn gwneud y gorau o'i bronnau 34F. Byddai Ieuan yn siŵr o gael ei gyffroi. Edrychodd ar y llun; roedd e'n berffaith. Ychwanegodd neges: 'Cei di weld a theimlo rhain yn fuan, i helpu gwella dy annwyd. xxx'.

Gosododd y ffôn yn ofalus ar y bwrdd, gyda'r oriel luniau ar agor ar ei llun hi, cyn gadael y trelar yn dawel.

Ieuan – hanner awr yn ddiweddarach

Roedd yr ambiwlans newydd adael, a Kelli'n dal yn anymwybodol, ac roedd Ieuan yn ysu am sigarét a gwydraid o wisgi. Pam oedd yn rhaid i Kelli fod mor esgeulus? Roedd e wedi ei siarsio droeon am ofalu rhag baglu dros y blwmin Manolos yna! Byddai'n rhaid iddo ofyn i Felix drefnu PA arall nes bod Kelli'n well. Falle câi un ddu y tro hwn – 'bach o newid ar ôl y flonden. Ac roedd e'n dwlu'n lân ar ferched a dynion du a brown. Ta beth, roedd ganddo ryw ugain munud cyn ffilmio'r olygfa nesaf – digon o amser i gael *chillax* am sbel yn ei drelar. Roedd yr annwyd melltigedig yma'n ei lethu hefyd, er bod y cyfarwyddwr wedi dweud bod y crygni'n ychwanegu teimlad at ei berfformiad. Chwistrellodd ddosad arall o Vicks i mewn i'w drwyn.

Agorodd y drws a sylwi'n syth ei fod wedi gadael ei ffôn ar y bwrdd. *Shit*! Tybed a oedd e wedi colli unrhyw alwadau pwysig? Roedd e'n disgwyl galwad oddi wrth Felix i glywed canlyniad clyweliad a gafodd yn ddiweddar; rhan swmpus a phwysig yn portreadu Ben Hur mewn fersiwn newydd gan Ridley Scott. Roedd y clyweliad wedi mynd yn dda iawn, ond roedd e'n cystadlu yn erbyn llwyth o hyncs eraill, yn ogystal â'r llipryn Robert Pattinson yna – y blwmin fampir oedd yn draenio Hollywood o'r rhannau gorau i ddynion ifanc ar hyn o bryd.

Edrychodd ar y ffôn a chael sioc ei fywyd. Beth ddiawl oedd hyn? Llun o fronnau enfawr rhyw fenyw!

Ai jôc gan un o'r criw oedd hi? Yna sylwodd ar y neges, a dechreuodd deimlo'n annifyr. Ai dyma'r fenyw oedd wedi bod yn danfon yr holl negeseuon ato ddoe a neithiwr? Rhaid ei bod wedi bod i mewn yn ei drelar. Fel petai hi'n darllen ei feddwl, daeth neges destun y tro hwn, ond doedd dim rhif yn ymddangos: 'Welest ti fy llun i? Pryd wyt ti ishe gweld rhain a mwy yn y cnawd go iawn? Methu aros am byth . . . xx'.

Felly roedd hi wedi cael gafael yn ei rif e hefyd tra oedd hi yn y trelar! Ych! Roedd y geiriau 'methu aros am byth' yn swnio fel bygythiad, bron. Yna, i ychwanegu at y *creepy factor*, sylweddolodd fod yn rhaid ei bod hi'n rhywle ar y set ar hyn o bryd, a barnu o'r cod amser ar y llun. Pwy ddiawl oedd hi? Doedd e ddim yn un da iawn am sylwi ar bobl eraill, gan fod cymaint o bethau pwysicach ar ei feddwl. Penderfynodd roi galwad i Felix. Oedd hi'n werth galw'r heddlu, tybed?

Roedd ymateb Felix yn ddifater ac yn ymarferol ar yr un pryd. 'Gwranda, jyst *saddo* arall sydd wedi mopio'i phen yn lân arnat ti yw hi, 'na i gyd. Jyst anwybydda hi ac fe flinith hi yn y pen draw. Byddi di gartre yn Llundain fory ta beth, yn ddigon pell oddi wrthi. Ti 'di sylwi ar rywun yn dy ddilyn di o gwbwl?'

'Na, ond mae'n amlwg ei bod hi wedi bod yn gwylio fi ar y set heddi, ac yn y *gym* ddoe, a phwy a ŵyr ble arall. Mae'n codi ofn arna i, Felix.'

'Paid â bod yn gymaint o *drama queen*, Ieu bach. Ti 'di bod yn darllen gormod o lyfre Stephen King! Gofynna i seciwriti gadw llygad ar y set pnawn 'ma, ac os gweli di unrhyw un yn dy ddilyn di'n nes 'mlaen, rho alwad i'r heddlu.'

'Ocê, diolch Felix.' Roedd e'n teimlo ychydig yn

well nawr. Roedd e wedi clywed cymaint am stelcwyr selébs yn eu dilyn i bob man, roedd yn ddigon rhwydd teimlo'n baranoid. 'O ie, ma Kelli *out of action*, damwain wrth iddi faglu dros ei sodlau . . . Mae'n mynd i fod yn iawn, *concussion* ac wedi torri'i choes, medde'r parafeddyg. Alli di drefnu PA newydd i fi? Ydy Coco'n rhydd?'

'Blydi Kelli, mae hi fel rhech!' tytiodd Felix yn ddiamynedd. 'Iawn, anfona i Coco draw pan fyddi di 'nôl yn Llundain.'

Gorffennodd Ieu ei sigarét a rhoi'r ffôn yn ei boced. Byddai'n rhaid iddo newid ei rif o achos y ffacin fenyw yna. Roedd stelcwyr mor hunanol. Byddai'n syniad hefyd i beidio trydar cymaint – doedd e ddim eisie rhagor o fenywod gwallgo yn ei hambygio fel hyn. Ffans – roedden nhw'n fendith ac yn felltith . . .

Cassie – dwy awr yn ddiweddarach

Gwthiodd Cassie ei ffordd trwy'r criw a'r dorf o *extras*, a llwyddo i sefyll wrth ochr ei harwr. Roedd e'n dal i barablu gyda'r ffacin cyfarwyddwr. 'Wel, ma'r stori am fy mhobol i, felly dyw e ddim yn rhy anodd i fi uniaethu gyda'r cymeriad . . .' O'r diwedd, daeth saib, a neidiodd Cassie i mewn i'r sgwrs. 'Diolch yn fawr am heddi, Ieuan. Mae 'di bod yn anhygoel! O't *ti*'n anhygoel!'

Trodd Ieuan i'w hwynebu a gwenu arni. 'Wel, dwi'n falch dy fod di wedi mwynhau, Cassie. Dwi'n edrych 'mlaen at weld yr eitem ar y rhaglen.'

Shit! O gornel ei llygad, gallai weld y ddynes gwisgoedd yn cerdded tuag at Ieuan; doedd dim llonydd i'w gael. Roedd yn rhaid iddi ofyn iddo nawr, neu golli ei chyfle am byth. Llyncodd ei phoer cyn dweud yn eofn, 'Be ti'n neud wedyn? Unrhyw *wrap parties* yn digwydd? Byddai'n grêt cael cwpwl o siots o'r parti ar gyfer yr eitem.'

Ysgydwodd Ieuan ei ben a thaflu bonyn ei sigarét ar y llawr. 'Na, gethon ni *bash* mawr neithiwr. Ma' pawb jyst ishe mynd adre heno. Wela i di eto rywbryd.'

Damo! Pam 'sen nhw wedi cael y parti heno? Wedi'r cwbl, dyna'r arfer ar ddiwedd ffilmio cynyrchiadau. Ond yna digwyddodd y peth mwyaf rhyfeddol erioed. Rhoddodd Ieuan gusan fach ar ei boch! Oedd hi'n breuddwydio eto? Na, gallai deimlo'i farf yn cyffwrdd â'i chroen a'i anadl melys ar ei gwddf. Roedd hi am afael yn ei law a'i dynnu tuag ati. Dyma'i chyfle! 'Gofyn iddo am ddêt! Gofyn iddo nawr!' gwaeddodd y llais bach yn ei phen. 'Cyn ei bod hi'n rhy hwyr!'

'Ieu, ti'n barod i ddod draw i newid?' holodd y ddynes gwisgoedd, gan anwybyddu Cassie'n llwyr.

'Ocê Lucy, dim probs.'

Chwarddodd Lucy'n uchel a ffals, a deallodd Cassie fod hon hefyd yn ffansïo Ieuan. Ond yna, roedd ei lygaid glas yn treiddio i mewn i'w llygaid hithau unwaith eto.

'Wps, dwi wedi gadael marc ar dy foch di,' gwenodd Ieuan wrth rwbio'r brychyn i ffwrdd yn dyner. Simsanodd Cassie wrth iddo ei chyffwrdd.

'*Au revoir*, Cassie!' Gwenodd arno, ond cyn iddi gael cyfle i ddweud gair pellach, roedd e'n diflannu i gyfeiriad y trelar gwisgoedd gyda Lucy.

Teimlai'n benysgafn a meddw. Roedd hi wedi dychmygu'r foment y byddai Ieu yn ei chusanu, filoedd o weithiau, a nawr ei fod wedi digwydd roedd e ganwaith yn well na'r ffantasi. Roedd ei wefusau'n feddal ac yn llawn, a'i arogl yn felys a hudol. Roedd hi am weiddi ei gorfoledd dros y lle. Yna sylwodd ar fonyn y sigarét y bu Ieu yn ei smygu. Plygodd i lawr, gan esgus clymu careiau ei hesgidiau, a gafael yn y stwmp cyn ei roi yn ei phoced yn slei.

Daeth golwg benderfynol dros ei hwyneb. *'Au revoir'* ddywedodd e! Roedd pawb yn gwybod nad oedd *'Au revoir'* yn golygu hwyl fawr am byth, dim ond tan y tro nesaf. Mae'n rhaid taw neges gudd oedd hi. Roedd e eisie ei gweld hi eto heno. Roedd y cyfan yn amlwg nawr. Ond roedd e'n methu dweud gair o flaen y Lucy 'na, gan ei bod hithau hefyd mewn cariad ag e. Roedd jyst yn rhaid iddi aros nawr i Ieuan adael am y dydd, a byddai'r ddau ohonyn nhw ym mreichiau'i gilydd o'r diwedd.

'Cassie, ni 'di cael y siots i gyd – iawn i ni fynd nawr?' Safai Aled a Huw, y dyn sain a'r dyn camera, o'i blaen yn drymlwythog.

Bu bron i Cassie neidio o'i chroen. 'Ydy, ym, iawn. Diolch, bois. Ody'r tapie 'da chi?'

Cymerodd y tapiau gan Aled a'u rhoi yn ei bag yn ddiogel. Byddai'n grêt dangos y rhain i Edward, iddo gael gweld ei bod hi'n gallu gwneud jobyn da. Wel, os byddai hi'n dal eisie'r jobyn cachu yna wedi iddi hi a Ieuan ddod yn eitem. Yna cafodd frên-wêf – byddai angen PA ar Ieuan, yn ogystal â chariad, gan fod Kelli druan allan o'r gêm. A byddai bod yn PA ac yn gariad iddo'n golygu y byddai hi Cassie'n gallu mynd gydag e i bob man. Beth allai fod yn well na theithio'r byd a byw yn Hollywood gyda dyn ei breuddwydion? Roedd hi'n gwireddu'r cyfweliad yn *Grazia* yn gynt na'r disgwyl! Byddai pawb oedd wedi ei chroesi mor genfigennus – y twats ysgol yna, Fiona, John, Paul, Lois...Yr unig drueni oedd na fu ei mam-gu druan byw i weld ei llwyddiant.

Ei mam-gu oedd wedi ei magu ar ôl marwolaeth sydyn ei rhieni mewn damwain car pan oedd Cassie'n ddeng mlwydd oed. Roedd ei thad wedi colli rheolaeth ar y car wrth geisio osgoi carw ar yr heol, a syrthiodd y car i lawr y dwnshwr ar yr A470 rhwng Aberhonddu a Merthyr Tudful. Trwy lwc a bendith, y noson honno roedd Cassie'n aros gyda'i mam-gu am fod annwyd trwm arni, neu byddai hithau wedi colli ei bywyd yn y ddamwain. Ni fu Rhys, ei brawd bach, mor lwcus, a bu yntau hefyd farw y noson ofnadwy honno, yn saith mlwydd oed. Clywodd Cassie'r oedolion yn mwmial yn yr angladd bod ei gorff bach bregus wedi ei luchio ymhell o'r car ond bod ei hoff degan, yr hen dedi teuluol fu unwaith yn degan i Cassie, a'u tad pan oedd yntau'n blentyn, yn dal yn dynn yn ei ddwylo bach. Dychwelodd y tedi i feddiant Cassie unwaith eto, ac roedd yn gyfaill nosweithiol iddi hyd heddiw.

Roedd ei mam-gu'n bopeth i Cassie wedi hynny, a chafodd ei magu i gredu bod unrhyw beth yn bosibl ond i chi ymdrechu gant y cant. Cafodd yr hen wraig drawiad angheuol ddeng mlynedd ynghynt, a chymerodd sbel fawr i Cassie ddod dros y golled honno. Oedd, roedd hi wedi galaru ar ôl colli ei rhieni a Rhys, ond galar plentyn oedd hwnnw.

Byddai'n breuddwydio amdanynt o bryd i'w gilydd, pawb yn deulu bach hapus ar bicnic yn Nhresaith, a Mam-gu yno hefyd. Bu'r breuddwydion yma'n gysur mawr iddi yn ei hieuenctid unig. Yr unig anfantais o gael ei magu gan ei mam-gu oedd nad oedd gan yr hen wraig gliw am ffasiwn, a thyfodd Cassie i fyny'n gwisgo dillad henffasiwn o C & A a Littlewoods, er ei bod yn dyheu am gael gwisgo sgertiau *puff-ball* o Topshop a jîns *stonewash* o Miss Selfridge, fel Stacey Louise a'r criw. Ac wrth gwrs, doedd y ffaith nad oedd hi'n edrych fel y merched eraill ddim wedi ei helpu i wneud ffrindiau yn yr ysgol. Ond nid bai ei mam-gu oedd hynny. Bai ei chyd-ddisgyblion arwynebol oedd e, yn ffocysu ar y corfforol a'r gweledol, nid ar y person y tu mewn. Wel, dyna beth ddywedodd ei mam-gu wrthi pan ddaeth hi adre yn ei dagrau ar ôl disgo'r ysgol, pan oedd un o'r bechgyn wedi taflu bom ddŵr dros ei phen. Gwyddai fod yr hen wraig yn ei gwylio o bell hyd heddiw, ac y byddai'n falch iawn o'i llwyddiant gyda Ieuan.

Edrychodd ar ei horiawr – chwech o'r gloch. Byddai Ieuan yn siŵr o ddod allan i'r maes parcio cyn bo hir. Rhoddodd Cassie CD newydd yn y peiriant yn y car, a dechreuodd y gân oedd yn chwarae yng ngwesty'r Hilton pan welodd hi Ieuan am y tro cyntaf, *Poker Face* gan Lady Gaga. Roedd hi'n teimlo'n rhyfeddol o dawel ei meddwl, o ystyried y byddai'n datgelu ei chariad at Ieuan yn ystod yr awr neu ddwy nesaf. O'i chornel yn y maes parcio, gwyliodd Cassie'r criw yn gadael Sain Ffagan yn eu ceir a'u faniau amrywiol. Ond ble'r oedd Ieuan? Bwrodd olwg ar ei gyfrif Twitter. Dim sôn amdano. Beth petai'n rhoi galwad ffôn iddo? Wedi'r cwbl, roedd ei rif e ganddi . . .

Roedd hi wedi safio'r rhif o dan 'Ieuanbach' a chododd y ffôn yn eiddgar at ei chlust yn aros iddo ddechrau canu. Ond doedd dim ateb. Pwffiodd Cassie'n ddiamynedd. Ond yna cafodd fflach o ysbrydoliaeth, a phenderfynodd lunio tecst bach iddo. 'Hei Ieu, be ti neud heno? Dwi'n barod os wyt ti? xxx'.

A hithau ar fin anfon y neges, gwelodd ef yn dod allan, a dechreuodd ei chalon guro'n afreolus. Gwyddai mai dyma oedd ei chyfle olaf cyn i Ieuan ddiflannu o'i horbit fel seren wib a dychwelyd i Lundain. O'r diwedd, gwelodd e'n cerdded tuag at ei gar, y Porsche prydferth. Diolch byth, roedd e ar ei ben ei hun. Taenodd finlliw ar ei gwefusau a sicrhau ei bod hi'n edrych ar ei gorau. Taniodd yr injan a dechrau dilyn y Porsche yn ofalus.

Ymhen ryw chwarter awr o'i ddilyn, trodd Ieuan i mewn i faes parcio y tu allan i floc o flatiau moethus yn y Bae. Oedodd Cassie nes iddo barcio a mynd i mewn i'r adeilad, yna gyrrodd hithau i mewn a gosod y car wrth ochr un Ieuan. *Shit*! Sut fyddai hi'n gwybod pa fflat oedd ei un e? Ond yr eiliad honno, gwelodd olau lamp yn ymddangos mewn ffenestr fflat ar y llawr gwaelod. Rhaid taw hwnna oedd e. Tynnodd anadl ddofn. Doedd dim troi'n ôl nawr . . .

Pennod 6

Ieuan – yr un amser

Agorodd Ieuan ddrws y fflat gan deimlo rhyddhad. Roedd heddiw wedi bod yn ddiwrnod a hanner. Diolch byth fod ffilmio ar *Glo yn y Gwaed* wedi dod i ben, a gallai ddychwelyd i Lundain fory. Bwrodd olwg sydyn ar ei ffôn rhag ofn fod y nytar yna wedi gadael neges arall ond na, doedd dim sôn amdani, diolch byth. Byddai'n gofyn i Coco drefnu rhif symudol newydd iddo'n go glou.

Gwenodd wrth gofio geiriau'r cyfarwyddwr wrtho'r prynhawn hwnnw. '. . . Gallu aroglu Oscar . . .' Gweddïai y byddai hynny'n wir. Roedd ei reddf yn dweud wrtho y byddai'r ffilm hon yn newid ei fywyd, a hynny am y gorau. Doedd e ddim wedi profi'r teimlad hwn o'r blaen, bod yna rywbeth anochel ynghylch y peth. Falle mai dyma'r rôl fyddai'n ei hyrddio i ben yr *A list*, fel y gwnaeth *Titanic* i Leo a *Thelma and Louise* i Brad . . .

Yna clywodd sŵn yn dod o'r ystafell ymolchi a gwenodd. Roedd e wedi cyrraedd yn barod, 'te. Cerddodd i mewn i'w ystafell wely a dechrau dadwisgo. Roedd e'n edrych ymlaen at ei weld eto, y bastard bach. Roedd Ieuan yn dechrau poeni cymaint oedd e'n edrych ymlaen at eu cyfarfodydd. Roedd yn rhaid iddo gadw ffocws a chofio mai hwn oedd ei gystadleuaeth – 'bach o hwyl, dyna i gyd. Ffyc-bydi a dim byd mwy. Agorodd ddrws yr ystafell ymolchi a gweld ei gorff cyhyrog yn y gawod. Camodd i mewn ato.

'Lle fuest ti?' holodd Rhun wrth ei gusanu'n nwydwyllt.

'O't ti'n methu aros, o't ti?' gwenodd Ieuan wrth iddo afael ynddo'n dynn a dychwelyd ei gusan. Yffach, roedd e'n ei ffansïo'n rhacs . . .

Cassie – deng munud yn ddiweddarach

'Cassie! Beth wyt ti'n ei wneud yma?' Roedd yr olwg yn llygaid Ieuan yn gymysgedd o sioc a chwant.

'Ga i ddod i mewn, Ieuan?'

'Wrth gwrs.' Agorodd Ieuan y drws a'i hebrwng i mewn i'r fflat.

Waw! Roedd yn ogoneddus! Muriau gwyn, celfi *designer* lliwgar – roedd e fel *showroom* Harrods. Roedd posteri ffilm amrywiol o Ieuan ar y muriau'n mud-losgi arni o bob cyfeiriad.

'O'n i'n gwybod byddet ti'n dod draw,' gwenodd Ieuan.

''Sdim ots 'da ti, o's e?' holodd Cassie'n betrus. Falle ei bod hi wedi mynd yn rhy bell yn ei ddilyn e adre fel hyn.

'Ots? Ddim o gwbwl. O'n i'n gobeithio y byddet ti'n deall y cod pan ddywedais i *"Au revoir"* gynne.'

'Wel, o'n i'n gobeithio bo' ti ishe 'ngweld i heno.'

'Mae'n rhaid i fi fod yn ofalus . . . Mae'r *tabloids* ar 'yn ôl i, yn hacio'n ffôn i, yn edrych trwy'n sbwriel i . . . Wyt ti'n siŵr bo' ti ishe bod yn rhan o 'mywyd i?'

Gwenodd Cassie wrth gerdded tuag ato. 'Wrth gwrs 'mod i! Ti *yw* fy mywyd i . . .'

Gafaelodd Ieuan yn ei llaw a'i thywys i'r ystafell wely. Sylwodd Cassie fod cynfasau sidan du ar y gwely.

Ildiodd i'w freichiau wrth iddo ei dadwisgo'n gelfydd a thoddodd eu cyrff yn un . . .

Caeodd Cassie ddrws y car yn ofalus, a dechreuodd ei meddwl rasio. Oedd hi am gnocio ar y drws? Oedd! Roedd yn rhaid iddi fod yn ddewr a gwneud y mwyaf o'i hunig gyfle. Canodd y gloch yn betrus ac aros. Aeth dwy funud dda heibio, ond dim ateb. Canodd y gloch eto, ond doedd dim yn tycio. *Shit*! Oedd e yn y gawod neu rywbeth? Gwenodd wrth ddychmygu Ieuan yn noeth o dan lif y dŵr. Byddai hynny'n well byth. Gallai hi ymuno ag e. (Roedd hi wedi siafio'i *bikini line* a'i choesau neithiwr rhag ofn, ac wedi diliwio ei mwstás).

Rhaid fod drws neu ffenestr arall yng nghefn yr adeilad. Syllodd Cassie o'i chwmpas yn ofalus. Doedd neb ar hyd y lle – perffaith! Sleifiodd rownd y cefn. Wrth lwc, roedd ffenest ar agor. Tybiai mai dyma'r ystafell ymolchi gan fod teils gwyn i'w gweld trwy'r bleinds. Gwthiodd y ffenestr ar agor a syllu i mewn. Yn ddistaw fel gwenci, neidiodd i mewn drwy'r ffenest (lwcus ei bod hi'n fyr) a glanio'n ddiogel ar lawr.

Cyneuodd y golau er mwyn cael golwg arni ei hun yn y drych cyn wynebu Ieuan. Edrychodd ar ei hadlewyrchiad am rai eiliadau. Oedd, roedd hi'n edrych yn grêt . . . Sylwodd fod potel o bersawr boy/girl Ieuan ar y silff uwchben y sinc. Agorodd hi a'i aroglu'n farus cyn rhoi trochiad go dda ohono ar ei bronnau a'i garddyrnau. Tynnodd anadl ddofn. Doedd dim angen oedi mwyach, roedd hi'n amser wynebu ei gwir gariad . . .

Fel petai hi mewn breuddwyd, agorodd y drws

yn ofalus. Cerddodd i lawr y cyntedd ac i mewn i'r ystafell fyw. Doedd dim sôn am Ieuan. Rhaid ei fod yn yr ystafell wely. Syllodd o gwmpas yr ystafell fyw yn llawn chwilfrydedd. Oedd, roedd hi yn y lle iawn. Roedd posteri mawr o Ieuan yn ei ffilmiau ar y muriau, gan gynnwys yr un llun ag oedd ganddi hithau yn ei fflat, yr un yn arddull Andy Warhol. Roedd yno ddwy soffa ledr goch a bwrdd coffi llechen modern, a rỳg mawr gwlanog gwyn ar y llawr pren. Disgleiriai ei wobrau *Evening Standard* ar y silff ben tân, y naill am y newydd-ddyfodiad gorau, a'r llall am yr actor gorau am ei berfformiad mewn ffilm ryfel o'r enw *Front Line*, wedi ei lleoli yn Irac. Roedd arogl arian ar bopeth, a phob celfigyn yn gyforiog o steil, fel Ieuan ei hun. Roedd ei fflat e'n union fel roedd hi wedi'i ddychmygu, ond yn well. Chwaethus, ond heb fod yn dros ben llestri. Byddai e'n cael sypreis lyfli i'w gweld hi yno . . .

Sylwodd fod cwpl o gleddyfau *prop* ar y mur o'i blaen, o'i ddyddiau ar ffilmiau fel *The Cornfield of Desire*, mae'n siŵr. Estynnodd am un a'i fodio. Cerddodd yn araf tuag at ddrws arall gyferbyn â'r ystafell fyw. Mae'n rhaid mai hon oedd yr ystafell wely.

Ond wrth iddi agosáu at y drws, gallai glywed synau rhyfedd o'r tu mewn. Synau ochneidio, a chwerthin. Beth oedd yn digwydd? Oedd rhywun yno gyda Ieuan? Na, mae'n rhaid ei fod yn gwylio'r teledu yn y gwely. Gwenodd wrth ddychmygu'r ddau ohonynt o dan y cynfasau'n gwylio *The Cornfield of Desire* gyda'i gilydd . . .

Agorodd y drws yn araf, a gwên ar ei hwyneb wrth ddychmygu Ieuan yn estyn ei freichiau ati o'r gwely, ei gorff lluniaidd yn barod am ei chorff hithau . . . Ond beth oedd hyn? Yng ngolau egwan yr ystafell gallai weld dau gorff yn y gwely, dau gorff yn caru'n danbaid. Falle'i bod hi yn y fflat anghywir wedi'r cwbl. Fel petai hi mewn perlewyg, camodd tuag at y gwely. Roedd synau ffiaidd, anifeilaidd yn dod o enau'r dyn. Ai Ieuan oedd hwn? Doedd bosib! Doedd e byth yn gwneud synau fel hyn pan oedd e'n caru ar y sgrin. Ac yna gwawriodd sylweddoliad echrydus arni. Ieuan oedd yno, yn cael rhyw . . . gyda dyn arall! Teimlodd ddagrau poeth yn cronni yn ei llygaid. Ac wrth i Ieuan a'i gariad sylweddoli bod rhywun arall yn yr ystafell wely, cododd Cassie y cleddyf *prop* oedd yn dal i fod yn ei llaw a dechrau trywanu nes i bopeth droi'n goch . . .

Taniodd injan y Mini, a'i dwylo gwaedlyd yn crynu. Beth oedd wedi digwydd? Ai hunllef oedd hyn i gyd? Edrychodd ar ei hwyneb gwelw yn nrych y car ac yna gwelodd y cleddyf gwaedlyd yn gorwedd ar y llawr o flaen sedd y teithiwr. Na, roedd e'n wir – roedd hi wedi trywanu Ieuan a'r mochyn diawl 'na oedd yn y gwely gydag e. Sut gallai e gysgu gyda rhywun arall? Sut gallai e gysgu gyda *dyn* arall?

Roedd y cyfan fel mosaic cymysglyd o olygfeydd o ffilmiau arswyd – y gwaed, y gweiddi, y sgrechian. Un eiliad roedd hi'n teimlo gorfoledd o fod yn ei fflat, yn agos ato, a'r eiliad nesaf, yr atgasedd a'r ffieidd-dra o'i ddarganfod yn caru gyda Rhun Lewis, yr actor ifanc oedd i fod yn elyn pennaf iddo . . . Rhaid bod Rhun, y bastard, wedi cymryd mantais o garedigrwydd Ieuan a bod Ieuan ei hun heb ddeall ei serch hi. Nid ei fai e oedd e. Doedd hi heb fynegi ei theimladau tuag ato'n ddigon clir. Doedd trydar a negeseuon testun ddim yn ddigon, roedd hi'n gweld hynny nawr. Dylai hi fod wedi bod yn ddigon o fenyw i ddatgan ei serch tuag ato yn ei wyneb. Ac yna ni fyddai hyn wedi digwydd. Ei bai hi oedd e – wel, hi a'r Rhun diawl yna. Ac roedd hi wedi brifo Rhun. Cofiai gymaint â hynny.

Ond doedd dim amser i hel meddyliau. Roedd yn rhaid iddi ddianc a meddwl am strategaeth newydd. Byddai Ieu yn siŵr o faddau iddi pan gâi gyfle i esbonio'r stori'n llawn wrtho; roedd e mor hawddgar. Ond am nawr, roedd yn rhaid iddi ffeindio lloches. Gyrrodd y Mini fel cath i gythraul allan o'r maes parcio, gan gyfeirio'r car at unrhyw le pell i ffwrdd . . .

Yr un eiliad – Inspector James

Roedd Inspector James yn mwynhau ei frechdan gig moch cyn mynd tua thre. Roedd hi'n amser swper, wedi'r cyfan, ac roedd y wraig yn coginio rhyw rwtsh o lyfr Jamie Oliver ar gyfer eu pen-blwydd priodas heno. Er cymaint oedd ei gariad at Mrs James, ni allai yn ei fyw ffugio cariad at ei doniau coginio. Byddai'r cig moch yn leinio'i stumog cyn iddo orfod dioddef ei fersiwn hi o *scallops* gyda saws mintys. Ond yna daeth Magi, oedd yn gofalu am y ddesg heno, i mewn i'r cantîn a'i gwynt yn ei dwrn, gan sibrwd yn ei glust, 'Syr, neges newydd ddod – llofruddiaeth yn y Bae. Mae rhywun wedi ymosod ar yr actor Ieuan Bythwyrdd a rhyw foi arall.'

Shit, byddai'r blydi *paps* a'r cyfryngau'n heidio at yr achos yma os oedd seléb yn rhan o'r stori. O wel, roedd yn golygu y byddai'n osgoi swper diflas heno gyda Mrs J, ta beth.

'Ocê. Ydy'r ambiwlans ar ei ffordd?'

'Ydy, ond ma' un o'r ddau wedi marw'n barod . . .'

Camodd James allan o'i gar a gweld y *paparazzi* a'r camerâu teledu eisoes yn tyrru i gyfeiriad mynedfa'r fflat. Roedd boi mewn iwnifform yno'n barod yn ceisio dal y clerach i ffwrdd.

'Cadwch draw, er mwyn dyn,' arthiodd yr Inspector. Aeth i mewn i'r fflat a gweld bod Jenkins, y PC ifanc, yn sefyll yno. 'Lle?' holodd yn swta.

'Y stafell wely mewn fan 'na, syr.'

Sylwodd James ar y lluniau o'r actor dwy a dime, Bythwyrdd, yn llenwi'r muriau. Wel, doedd e'n amlwg ddim yn credu mewn bod yn ddiymhongar, meddyliodd yn sych. *Typical*! Roedd y selébs yma'n dwlu arnyn nhw eu hunain cymaint fel nad oedden nhw'n sylwi ar ddim byd arall, ac felly roedden nhw'n brae hawdd i'r lleidr neu'r nytar lleol.

Aeth i mewn i'r ystafell wely, lle roedd y criw fforensig eisoes yn ddiwyd wrth eu gwaith. Ar y gwely gorweddai corff dyn ifanc yn ei ugeiniau cynnar. Â'i groen iaswyn yn gwrthgyferbynu â'r cynfasau duon ar y gwely, edrychai fel angel gwaedlyd, a'i freichiau wedi'u hymestyn fel adenydd wrth ei ochr. Sylwodd ar weddillion cocên ar y gwely, a dildo mawr du . . . Pobl *showbiz*! Gallai James weld ar unwaith mai un ergyd farwol i'r galon oedd wedi lladd y crwt.

Roedd gwaed ym mhob man – ar y muriau a'r carped

gwyn, a thros gydymaith y bachgen marw, Ieuan Bythwyrdd. Eisteddai'r actor golygus fel delw ar gadair yng nghornel yr ystafell yn ei ŵn wisgo, a'i fraich mewn rhwymyn. Roedd mân smotiau o waed ar ei wyneb, ond amheuai James taw gwaed ei bartner oedd hwnnw.

'Mr Bythwyrdd? Ydych chi'n ddigon da i ateb cwpwl o gwestiynau?'

'Ni am fynd ag e i'r ysbyty mewn munud, syr,' dywedodd y parafeddyg yn bryderus.

'Wel dyw e ddim i'w weld ar fin trengi, felly rhowch funud neu ddwy i fi.' Gwgodd James wrth dynnu ei lyfr nodiadau o'i boced. 'Reit, dwi'n deall eich bod wedi cael profiad erchyll, Mr Bythwyrdd. Oes gyda chi syniad pwy wnaeth hyn?' holodd.

'Weles i hi . . .' sibrydodd Ieuan, a'i lygaid yn fawr (cyfuniad o'r cyffur a'r sioc, nododd James).

'Pwy oedd hi? Oeddech chi'n ei nabod hi?'

'Ei henw hi yw Cassie . . . rhywbeth. Roedd hi'n ein ffilmio ni ar y set. Mae'n gweithio i ryw gwmni teledu . . .'

'Pwy fyddai â'i manylion cyswllt hi, chi'n gwybod, syr?'

'Cwmni cynhyrchu'r ffilm o'n i'n gweithio arni. Ma' rhif rheolwr y cynhyrchiad, Harri, yn fy ffôn i . . .' Ymbalfalodd Ieuan am ei ffôn a dangos y rhif i James. Ysgrifennodd hwnnw'r rhif yn ofalus yn ei lyfr bach.

'Oes gyda chi CCTV yn y maes parcio, syr?'

'Sai'n gwybod,' trodd Ieuan ei ben tua'r mur i osgoi edrych ar y corff marw, oedd yn cael ei symud oddi ar y gwely'n dyner o ofalus gan staff y crwner.

'Peidiwch â phoeni, Mr Bythwyrdd, mi ddown ni o hyd iddi.'

Ond roedd Ieuan wedi llewygu ac yn gorwedd yn swp ar y llawr.

'Gallwch chi fynd ag e nawr,' dywedodd James yn swta wrth y parafeddyg.

Fiona – dwy awr yn ddiweddarach

Roedd Fiona'n mwynhau clamp o hufen iâ Magnum wrth orwedd yn y gwely gyda'r teledu'n gwmni iddi. Roedd y pwl yna o wenwyn bwyd wedi bod yn echrydus, ei hunllef pennaf – methu bwyta. Ond nawr roedd hi'n teimlo'n dipyn gwell, er y byddai'n ceisio osgoi'r gwaith am wythnos fach arall. Doedd hi ddim am or-wneud pethe, rhag gwaethygu eto. Roedd y doctor wedi bod yn eitha cas wrthi, gan dweud wrthi am golli o leia bum stôn, a heb ddangos fawr o gydymdeimlad am ei salwch. Edrychodd ar y cloc. W, byddai *Top Model* ar y bocs chwap. Roedd hi'n joio gwylio'r modelau twp yn cael eu harteithio gan y frenhines ffyrnig Tyra Banks.

Ond, yn sydyn, gwelodd wyneb cyfarwydd yn ymddangos ar y sgrin. Be ffwc oedd y bitsh Cassie yna'n ei wneud ar y teledu?! Bu bron iddi lyncu ei Magnum yn gyfan wrth wrando ar lais lleddf y newyddiadurwraig. 'Mae'r heddlu'n chwilio am y cynhyrchydd teledu o'r Rhath, Caerdydd, Cassie Jones, 36 oed, i helpu gydag ymholiadau i achos difrifol o ymosodiad ar ddau actor ym Mae Caerdydd . . .'

OMG! Cydiodd Fiona yn y ffôn yn awchus a galw John – byddai e wrth ei fodd! *Goss* y flwyddyn!

John – yr un amser

Roedd John yn ei lolfa'n addasu pâr o jîns i'w gwneud yn unigryw iddo fe ar gyfer ei noson fawr yn G.A.Y. yn Llundain y nos Sadwrn ganlynol. Roedd e wrth ei fodd yn creu *looks* newydd iddo'i hun, ac yn dilyn steil Jean-Paul Gaultier a Julien Macdonald (wel, roedd angen cefnogi talent cartref, on'd oedd?).

Roedd e'n aros am ei ddôs nosweithiol o *Top Model* pan ffoniodd Fiona, a newidiodd y sianel yn frysiog, jest mewn pryd i weld ei gydweithwraig ar y sgrin:

'. . . Trywanwyd yr actor ifanc, Rhun Lewis, i farwolaeth, ac anafwyd ei gydymaith, yr actor Ieuan Bythwyrdd, mewn ymosodiad heno yn fflat Mr Bythwyrdd yn y brifddinas. Mae'r heddlu'n gofyn i unrhyw un sydd ag unrhyw wybodaeth am y digwyddiad, neu am leoliad Ms Jones, i gysylltu cyn gynted ag sy'n bosibl . . .'

Bocsiodd John yr awyr yn fuddugoliaethus, gan weiddi'n uchel dros y ffôn wrth Fiona: 'O'n i'n gwybod ei fod e'n hoyw!'

Paul – yr un amser

Tri deg *rep* arall, a byddai Paul yn medru ymlacio wedi sesiwn go danbaid o ymarfer corff yn y *gym*. Ers i Cassie ddod â'u perthynas i ben, roedd e wedi bod yn ffocysu mwy ar ei ffitrwydd, gyda'r bwriad o feddu ar *six-pack* gwell na Beckham ei hun erbyn diwedd yr haf. Cylchgrawn *Men's Health* oedd ei feibl newydd, a dim ond dros y penwythnos roedd e'n yfed bellach. Roedd yn llowcio galwyni o *protein shakes* afiach yn ddyddiol. Byddai'r wejen nesaf (fyddai'n gyfuniad o

Kim Kardashian a Cheryl Cole) yn siŵr o'i addoli fel duw!

Roedd ei galon yn dal yn fregus ar ôl colli Cassie, a daliai i hiraethu amdani. Ond fel dywedodd pob un o'i ffrindiau wrtho, roedd e'n well hebddi. Roedd ei hobsesiwn gyda'r Ieuan Bythwyrdd yna'n rhwystr sylweddol iddyn nhw gael unrhyw berthynas o werth. Ac roedd hi'n amlwg yn dioddef o ryw anhwylder meddygol neu, yng ngeiriau ei ffrind gorau, Wil, roedd hi'n 'ffacin nytar'.

Ac fel petai wedi ei chonsurio, ymddangosodd lun o wyneb Cassie ar bob un o'r sgriniau niferus o'i flaen yn y *gym* fel rhyw hunllef o ddychymyg Orwell. Gollyngodd Paul un o'r pwysau llaw ar ei droed, gan wingo a gweiddi mewn poen a sioc wrth wylio fideo o gar Mini Cassie'n rasio fel cath i gythraul dros bont Hafren, a hofrenyddion a cheir yr heddlu yn ei dilyn . . .

Cassie – yr un amser

'Damo fe! O'n i ddim ishe rhoi dolur mawr iddo fe. Mae'n rhaid ei fod e'n iawn. Ti'n credu?' holodd Cassie'n betrus wrth yrru dros y bont, ei thraed i lawr ar y pedal cyflymu. Roedd gwaed ar ei ffrog brydferth o'r 1920au, a rhwygwyd ei sanau sidan yn ystod y gyflafan. Edrychai Ieuan mor gymen ag arfer yn ei siwt a'i het ffedora dywyll. Cydiodd yn ei llaw a'i gwasgu'n dyner.

'O'dd yn rhaid iddo fe fynd – roedd e'n gwcw yn y nyth,' dywedodd yn gysurlon. 'Doedd dim dewis gyda ti, Cassie. Ond fe wnaethon ni ladd dyn. Nawr, does neb yn gwybod pwy y'n ni eto, ond ma'n nhw'n mynd i ddod ar ein holau ni. Llofruddiaeth yw hyn, ac mae pethe'n mynd i fod yn anodd. Alla i ddim dianc, ond fe alli di. Fe wna i gymryd y bai, a dy helpu di i ddianc.'

'Ti ishe i ni wahanu?' holodd Cassie mewn panig.

'Dyna'r peth diwetha dwi ishe. Rwyt ti'n werth y byd i fi, ond dwi ddim ishe dy orfodi di i gael dy ddal gyda fi. Felly, dwed wrtho i, f'anwylyd, beth wyt ti ishe'i wneud?'

'Rwy ishe aros gyda ti tan y diwedd,' dywedodd Cassie'n benderfynol.

Mwythodd Ieuan ei boch yn dyner. 'Ond gallen ni gael ein lladd, Cassie,' meddai'n dawel.

Trodd Cassie i'w wynebu a chwerthin yn ddireolaeth. 'Pwy fyddai ishe lladd merch neis fel fi?'

Chwarddodd Ieuan hefyd, a chusanodd y ddau yn nwydwyllt, gyda sgrech seiren yr heddlu yn agosáu yn y cefndir.

'Ma'n nhw'n dod yn nes, Cassie,' dywedodd Ieuan.

'Paid poeni, wnân nhw fyth ein dal ni, Ieu.'

'Does dim ffordd allan, Cassie . . .'

Clywodd gryndod ac ofn yn ei lais. Byddai'n rhaid iddi fod yn ddewr dros y ddau ohonyn nhw nawr. Roedd Ieuan yn dechrau colli'i ddewrder.

'Ma' 'na wastad ffordd allan, Ieu. Wyt ti'n ymddiried ynddo i?' gofynnodd.

'Wrth gwrs 'mod i.'

Gwasgodd Cassie ei throed ar y pedal cyflymu nes iddo gyrraedd y llawr. Roedd gwynder metalig yr hen bont Hafren yn gwibio heibio i'w llygaid mor gyflym nes ei bod hi'n methu ei gweld yn iawn. Ond roedd ceir yr heddlu'n drech na'r Mini bach. Llwyddodd un ohonynt i'w goddiweddyd, ac roedd un wrth ei chynffon ac un arall wrth ei hochr. Roedden nhw wedi eu hamgylchynu. Doedd ond un peth amdani – gwelodd lygaid Ieuan yn pefrio arni wrth iddo nodio'i ben yn gadarn.

'Dim ond un ffordd allan sydd, Cassie.'

Gwenodd Cassie. Byddai'n iawn gyda Ieuan wrth ei hochr, a ffrydiodd yr adrenalin drwy ei chorff wrth i'r Mini bach coch wibio drwy'r awyr a glanio yn nyfnderoedd llwyd afon Hafren . . .

Ieuan – wythnos yn ddiweddarach

Roedd mwy o ambarelau du yn y fynwent nag oedd o *paparazzi*, ac roedd hynny'n dweud rhywbeth. Gwisgai'r rhan fwyaf ohonynt jîns a siacedi lledr, heb arlliw o barch at yr achlysur. Fflachiai eu camerâu yn y pellter, a phawb yn gwneud eu gorau i'w hanwybyddu – ac eithrio'r criw diogelwch, a'r actorion a'r selébs ymhlith y galarwyr. Sylwodd Ieuan fod Jane Simmonds – hen actores enwog o'r 1960au, a ymddangosodd mewn ffilm gyda Rhun rhyw dair blynedd ynghynt – yn aml yn troi ei hwyneb dagreuol llawn *botox* tuag atynt, neu o leiaf gymaint ohono oedd i'w weld o dan yr het fawr ddu Philip Treacy a eisteddai fel brân ar ei phen. Ond roedd Jane a'i thebyg yn gwastraffu eu hamser; fe, Ieuan, oedd seren y diwrnod (a Rhun druan, wrth gwrs).

Safai Ieuan yn wrol wrth lan y bedd gyda Serena wrth ei ochr. Roedd y ddau wedi cwrdd yn y seremoni angladdol yn yr eglwys fechan y tu allan i'r Bontfaen, ger cartref Rhun. Roedd Serena wedi ei gyfarch â chusan a choflaid gynnes o flaen y *paparazzi*, ond wedi sibrwd yn ei glust, 'Ti'n sylweddoli mai jyst busnes yw heddi? Rhag i ti gael syniadau.'

Ffwc, roedd hi'n hen bitsh oeraidd!

Gwenodd Ieuan yr un mor oeraidd yn ôl arni a mwmial, 'Wrth gwrs, dwi'n gwybod eu bod nhw wedi claddu dy galon di flynyddoedd yn ôl, f'anwylyd.'

Ond roedd Serena wedi ymddwyn yn wych o flaen y dorf – roedd yn rhaid iddo ei pharchu am hynny. Cydiodd yn ei law a'i gofleidio'n ddiffuant wrth iddo yntau geisio dal ei ddagrau'n ôl yn wrol. Yn wir, hwn oedd perfformiad gorau'r ddau ers blynyddoedd, ac yn sicr yn well o dipyn na'u hymdrechion amaturaidd yn y ffilm *Myfanwy*.

Do, fe deimlodd bigiad o euogrwydd pan ddaeth mam Rhun i siarad ag e yn yr eglwys cyn y gwasanaeth. Roedd Serena ac yntau wedi mynd i eistedd ymhell y tu ôl i'r prif alarwyr rhag cael eu cyhuddo gan y prôls o fod yn ewn.

'Dewch i eistedd 'da'r teulu, Ieuan. Rwy'n gwybod bydde Rhun wedi dymuno hynny . . . O'dd e wastad yn eich edmygu chi, hyd yn oed pan o'dd e'n grwtyn ysgol.'

Roedd hi'n ddynes fu'n ddel yn ei hieuenctid. Gallai Ieuan weld hynny o hyd yn ei llygaid gwyrdd, fel rhai Rhun. Ceisiodd beidio â meddwl amdano . . . Roedd ei deimladau tuag at Rhun yn gryfach nag yr oedd wedi'i ddisgwyl, a gweld yr arch o'i flaen wedi achosi cryn wewyr iddo. Ond roedd yn rhaid iddo gynnal y perfformiad am y tro. Roedd Rhun wedi mynd, a fyddai e byth yn dod 'nôl. A gwyddai y byddai Rhun yn deall, 'the show must go on'. Fel pob actor, roedd y dywediad hwnnw'n rhan o'ch DNA. Pwy allai anghofio'r straeon am actorion eiconig fel Laurence Olivier a Vivien Leigh, yn parhau hefo perfformiadau grymus yn Awstralia yn y pum degau, a'u priodas yn chwalu'n rhacs jibidêrs o'u hamgylch? A hynny oherwydd i Vivien ddatgelu holl fanylion ei pherthynas odinebus gyda'r actor Peter Finch wrth ei gŵr? Jiawch, collodd Vivien Leigh ei phwyll yn llwyr oherwydd salwch meddyliol, a pharhau â'r sioe ac ennill dau Oscar, Tony a mwy! Doedd actorion byth yn ildio i bwysau straen emosiynol. Roedden nhw'n ei harneisio ac yn ei ddefnyddio i'w sbarduno i'r entrychion.

Gwenodd Ieuan yn dirion. 'Diolch Mrs Lewis. O'n i ddim ishe bod yn ewn. Ydy hi'n iawn i Serena ddod hefyd?'

'Wrth gwrs.' Gwenodd Mrs Lewis yn wanllyd ar Serena, a dilynodd y ddau hi tuag at seddau'r teulu.

Llusgodd y gwasanaeth braidd, gyda darlleniadau di-ben-draw gan aelodau llai talentog o deulu Rhun. Teimlodd Serena'n aflonyddu wrth ei ochr, a gwgodd arni. Plygodd hithau ei phen yn wylaidd fel mewn gweddi. Roedd yntau'n gweddïo hefyd – gweddïo am i'r diwrnod uffernol hwn ddod i ben. Roedd yn dal i gael fflachiadau o'r noson honno – y gwaed, y sgrechian, y cleddyf . . . Ond roedd Dr Brian, y Shrinc, wedi dweud bod hynny'n gwbl normal a'i fod yn dioddef o *post-traumatic stress disorder*, fel milwyr yn Irac. Roedd Felix wrth ei fodd â hynny, ac wedi ei siarsio i sôn am y cyflwr ym mhob cyfweliad. Roedd Dr Brian yn dal i bwyso arno i fynd i'r Priory neu i glinig cyn gynted ag y bo modd, rhag iddo dorri i lawr yn llwyr yn feddyliol. Roedd symptomau sioc yn medru amlygu eu hunain ddyddiau, neu weithiau fisoedd, ar ôl y digwyddiad,

116

meddai Dr Brian. Ond llwyddodd Ieuan i'w ddarbwyllo trwy addo y byddai'n cynyddu nifer ei ymweliadau (ac, o ganlyniad, ffioedd Dr Bri) o dair gwaith i bum gwaith yr wythnos i gadw rheolaeth ar ei *psyche* bregus.

Roedd Clive y *bodyguard* wedi dod gyda nhw, a'u gyrru mewn *limo* du i'r fynwent. Ni ddywedodd Serena air wrtho, am ei bod yn rhy brysur yn tecstio. Trodd Ieuan at Twitter i weld beth oedd y si am yr angladd. Roedd e wedi stopio defnyddio Twitter ers y digwyddiad. Ofnai weld @mrsbythwyrdd yn dychwelyd yno trwy ryw hud a lledrith dieflig, er y gwyddai'n iawn ei bod hi'n ddiogel yn y ddalfa.

Roedd yn falch o weld bod y ffans wedi anfon negeseuon cefnogol. 'Bydda'n ddewr Ieu. #ercofamrhun', 'Rhun a Ieuan #wnewnnifythanghofio', a neges hynod o galonogol oddi wrth y cylchgrawn *Gay Times*: 'Byddwn gyda ti bob cam o'r ffordd Ieu #dewrderieuarhun'.
Wrth gwrs, roedd digon o *trolls* ar Twitter oedd yn benderfynol o ledaenu casineb. 'Ffacin pwffs yn haeddu marw #casauhomos', 'Ti oedd yn haeddu marw nid Rhun #RhunRIP'. Crynodd wrth sylweddoli nad oedd modd iddo anwybyddu'r nytars anhysbys fel y gwnaethai cynt, am mai un o'r rheiny fu bron â'i ladd. Efallai mai peidio â darllen eu sylwadau fyddai orau – am y tro, o leiaf.

Fel gyda phob angladd arall roedd e wedi'i fynychu, roedd hi'n glawio, a'r awyr lwyd a'r cymylau pwdlyd yn ychwanegu at yr *ambience*, fel y byddai Felix yn ei ddweud. Fel fflicio swits, newidiodd Serena ei hwyneb i gyfuniad o'r lleddf a'r cydymdeimladol, lle hanner munud yn gynt bu'n chwarae *Angry Birds* yn ffyrnig ar ei ffôn. Ond actores oedd hi, wedi'r cyfan, ac roedd yn rhaid i bob actor gwerth ei halen newid ei emosiwn cyn hawsed â newid ei bants.

Allan â nhw i'r glaw a dilyn yr orymdaith at lan y bedd, gyda braich fach wantan Serena yn ei fraich ef. Roedd Felix wedi trefnu bod ei dorch o flodau yno'n barod iddo ei chasglu – cyfuniad o lilis gwynion a fioledau – clasurol iawn. Roedd y garden syml yn nodi, 'I f'annwyl Rhun. Cariad bythwyrdd, Ieuan.'

Roedd coreograffi ei foment fawr yn berffaith, yn union fel y disgrifiodd Felix hi. Cawsai siwt ddu foethus Chanel gan Karl Lagerfeld o gasgliad Gwanwyn 2014 (a hynny cyn y selébs mwyaf, fel Daniel Craig, hyd yn oed) a gwyddai ei fod yn edrych yn sensitif a golygus ynddi. Roedd Felix wedi ei rybuddio rhag defnyddio'i liw haul ffug arferol rhag iddo edrych yn rhy iachus. A bod yn onest, doedd dim angen iddo wneud rhyw lawer; roedd wedi colli hanner stôn ers y digwyddiad, ac roedd esgyrn ei fochau'n fwy trawiadol fyth o ganlyniad. Doedd dim rhyfedd fod Burberry, oedd yn hoffi modelau gor-denau, ar ei ôl e nawr.

Sylwodd yn syth fod y camerâu'n fflachio'n wyllt wrth iddo osod y dorch ar y bedd. Llifai un deigryn bach i lawr ei rudd, fel y trefnwyd. Roedd Felix yn llygad ei le – dyna fyddai'r ddelwedd ar flaen pob papur dyddiol drannoeth. Camodd yn ôl ac aros i Serena osod un rhosyn coch ar y bedd. Ond *bit part* oedd ei rhan hi yn y ddrama, a doedd dim hanner cymaint o fflachiadau camera wrth iddi hi berfformio ei sioe o alaru.

Yna roedd y cwbl ar ben. Un coflaid arall i fam Rhun, ac ysgwyd llaw ei dad yn gadarn. *Job done*! Y peth nesaf oedd y cyfweliad ecsgliwsif gyda chylchgrawn *Hello* drannoeth. Roeddent wedi gofyn iddo wisgo'i siwt angladd, a byddai Felix yno i gael golwg ar y lluniau a sicrhau nad oedd y cwestiynau'n anaddas.

'Ieu! Dwed beth ddigwyddodd 'da Rhun!'

'Wnaeth e farw yn dy freichiau di?'

'Serena! O't ti'n gwybod am y garwriaeth?'

Oedodd y ddau fel un i roi un siot dda i'r *paparazzi* ond roedden nhw'n dal i guddio y tu ôl i'w sbectol haul *designer*. Ymddangosodd Clive y *bodyguard* o unlle'n rhyfeddol o gyflym am ddyn mor fawr, a chlatsio'r *paparazzi* i ffwrdd fel gwybed. Neidiodd Ieuan a Serena i'r *limo* mewn rhyddhad, a rhuodd y car mawr i ffwrdd o'r angladd ac o'r galar llethol.

Trodd Ieuan at Serena, ond roedd hi eisoes yn ffidlan hefo'i ffôn eto ac yn sgwrsio gydag un o'i ffrindiau: 'Ie, o'dd e'n ocê . . . Dylen i fod mewn cwpwl o *spreads* yn y papure. Ydw, dwi'n dal y trên cynta 'nôl i Lundain bore fory, mas o'r twll 'ma. Wela i di yn yr Ivy nos fory . . .'

Edrychodd Ieuan arni'n ddirmygus. ''Sdim calon 'da ti o gwbwl, o's e?'

'Wel, o'n i ddim yn 'i nabod e rili, o'n i? Felix wedodd dylen i fynd.' Tynnodd Serena wyneb pwdlyd wrth i Ieu ei beirniadu. 'A ti'n un da i siarad! Weles i ti'n mwynhau dy foment fawr wrth y bedd. Ti'n gwneud i Nic Cage edrych fel actor naturiol. Do't ti'n becso dim am y pwr dab go iawn. Doedd e ond yn *shag* arall mewn rhes o *shags* dibwys!' Tynnodd Serena ei drych Chanel o'i bag a dechrau ail-osod ei minlliw'n ofalus.

'Wel, fe o'dd y shag gore ges i erioed,' dywedodd Ieuan i rwbio halen yn y briw.

'A finne 'fyd,' dywedodd Serena'n ddidaro, gan gau'r

drych â chlep cyn rhoi gorchymyn brathog i Clive, 'You can drop me by the side entrance.'

Edrychodd Ieu arni'n gegagored. Pryd oedd hi wedi cael ei chrafangau bach miniog ar Rhun? Doedd y crwt heb sôn gair am fachu Serena.

'Yn y BAFTAs, ar ôl iddo fe gysgu 'da ti, os wyt ti ishe gwybod!' Atebodd Serena'r cwestiwn cyn iddo gael amser i'w ofyn. 'O'dd e ishe rhywbeth ffein i fynd â'r blas cas mas o'i geg ar ôl bod 'da ti!'

Gwenodd, a'i minlliw coch yn sgleinio fel olew. Plygodd a chusanu Ieuan ar ei foch yn faleisus. Gallai arogli ei phersawr – Chanel No 5, fel ei heilun, Marilyn Monroe. Doedd e byth wedi gallu diodde'r arogl – roedd e'n gwynto fel niceri hen fenywod, yn ei farn e.

Stopiodd y *limo* y tu allan i westy'r Hilton yng nghanol Caerdydd, a chamodd Serena allan o'r car heb ddweud gair. Gwyliodd Ieuan ei chorff bach penderfynol yn y dillad Prada du'n camu i mewn i'r cyntedd, ei sbectol haul Gucci yn ddiogel am ei llygaid gleision, ei gwallt aur yn *bob* perffaith, sgleiniog, yn siffrwd wrth iddi gerdded. Er nad oedd pawb yn ei hadnabod yn syth, roedden nhw'n gallu gweld ei bod hi'n 'rhywun', a denodd sawl edrychiad edmygus gan ddynion gerllaw. Gwenodd Ieuan wrtho'i hun; roedd e wedi anghofio cymaint oedd e'n arfer ffansïo'r bitsh fach rywiol. Yna diflannodd Serena o'i feddwl wrth iddo dderbyn galwad ffôn gan Felix.

'Wnest ti'n ffantastig, Ieu! Ma'r llunie ohonot ti wrth y bedd ar y we yn barod! Ti'n edrych yn gorj – *very tortured lover, darling*! A bonws bach neis – dwi newydd gael pobol Ridley Scott ar y ffôn, ac ma'n nhw wedi dy gastio ti fel Ben Hur!'

'OMG!' ebychodd Ieuan yn llawn cyffro. 'Dyna rôl y ganrif!'

'A dim ond y dechrau yw hyn, Ieu bach,' dywedodd Felix yn falch. 'Nawr, gwely cynnar i ti heno, boi, a bydd Clive yn dy dywys di i dy stafell pan gyrhaeddi di'r Grosvenor. Ma' angen i ti fod yn ffres ar gyfer *Hello* bore fory.'

'Ocê. Byddi di yno, 'yn byddi di?' holodd Ieuan, yn teimlo panig wrth feddwl na fyddai Felix wrth ei ochr.

'Wrth gwrs,' dywedodd Felix yn gysurlon. 'Bydda i yno peth cynta i gael brecwast 'da ti cyn bo nhw'n cyrraedd, i ni gael trafod ein strategaeth . . .'

'A Felix?'

'Ie?'

'Bydd ishe *pick-me-up* bach arall arna i fory.'

Gwyddai Felix mai cod oedd hyn am gyffuriau. Roedd gan Felix gyfrif gyda 'Dr FeelGood' yn Belgravia, oedd yn delio mewn cyfoeth o gyffuriau i selébs y ddinas.

'Dim problem, del.'

Edrychodd Ieuan ar wefan y *Guardian* ar ei ffôn. Yno ar yr hafan roedd llun ohono fe'n gosod y dorch ar y bedd. Roedd yn falch o weld mam Rhun yn edrych yn llawn cydymdeimlad arno. Roedd hi wedi ei wahodd yn ôl i'r tŷ am de, ond roedd e wedi gwrthod yn boléit. Methu wynebu mwy o bobl oedd ei esboniad, oedd yn hanner y gwir, ond a bod yn onest doedd ganddo mo'r amynedd i ateb cwestiynau pobl chwilfrydig, blwyfol. Roedd angen llonydd arno ar ôl bod *on show* trwy'r dydd. Roedd hi wedi deall yn iawn, chwarae teg. Doedd Ieuan ddim yn siŵr am faint mwy y gallai gynnal y perfformiad chwaith. Wrth gwrs ei fod yn flin fod Rhun wedi cael ei ladd. Ond roedd e'n llawer mwy diolchgar nad fe gafodd y cleddyf yn ei galon. Roedd Rhun druan yn y lle anghywir ar yr amser anghywir. Gobeithiai y byddai'r bitsh Cassie yna'n talu'n hallt am yr hyn wnaeth hi. Stopiodd ei hun rhag meddwl amdani; roedd Dr Brian wedi dweud ei fod yn bwysig nad oedd e'n gwneud hynny (a pheidio rhoi enw iddi yn ei feddyliau chwaith) nes iddo fynd i'r Priory a chael therapi dwys. Nawr oedd yr amser iddo droi'r dŵr chwerw hwn i'w felin ei hun . . .

Pennod 7

Cassie – yr un amser

'Mae'n wyrth eich bod chi wedi byw drwy'r ddamwain yna ar bont Hafren, Cassie,' dywedodd Louisa Brown yn dawel.

'O'n i'n gwybod bydde Ieuan yno i fy achub i,' dywedodd Cassie, gan wenu'n braf arni. Pwy oedd y fenyw yma? Beth oedd hi eisiau? Ble'r oedd Ieuan?

'Cassie, doedd Ieuan ddim yno. O'ch chi wedi ymosod arno fe ac wedi lladd ei gariad, Rhun Lewis, yr actor.'

Beth? Cariad Ieuan yn ddyn? Doedd Ieuan ddim yn hoyw! Pa gelwydd noeth oedd hyn?

'Peidiwch â bod yn ddwl,' dywedodd Cassie'n swta. 'Fi yw cariad Ieu. Mae e'n galw draw i 'ngweld i pnawn 'ma, gewch chi weld. O'dd y Rhun yna'n ceisio dinistrio'n serch ni. Ieuan ofynnodd i fi gael ei wared e. Fe oedd y gwcw yn y nyth . . .'

'Dyw hynny ddim yn wir, Cassie. Wnaethoch chi fyth gael sgwrs gyda Ieuan am Rhun Lewis. Doedd gennych chi ddim syniad fod Rhun a Ieuan mewn perthynas tan i chi dorri mewn i fflat Ieuan a'u gweld yn y gwely'n caru.'

'Na!' gwaeddodd Cassie. 'Gadewch fi fod!' Teimlodd y dagrau'n dechrau llifo i lawr ei gruddiau. Doedd hi ddim yn deall beth oedd yn digwydd. Pam oedd y fenyw yma'n dweud y fath anwiredd creulon?

Doedd Louisa Brown ddim yn talu sylw. Parhaodd

gyda'i stori'n ddi-hid. 'A phan wnaethoch chi eu darganfod nhw yn y gwely gyda'i gilydd, dyna pam wnaethoch chi ymosod ar Rhun, ontefe?'

'Nage! Nid dyna beth ddigwyddodd! Roedd gan Rhun obsesiwn am Ieuan, o'dd e ar 'i ôl e trwy'r amser. Fe wnaeth Ieuan ofyn i fi wneud . . . O'dd Ieuan yn deall pam. Dywedodd e wrtho i yn y car ei fod e'n deall.' Beth oedd yn bod ar y dwpsen yma? Pam nad oedd Ieuan yma i egluro wrthi? 'Os gewch chi air 'da Ieuan, dwi'n siŵr gall e esbonio popeth wrthoch chi. Ble mae e?'

'Mae Ieuan yn yr ysbyty. Fe wnaethoch chi ei drywanu yn ei fraich. Doedd e ddim yn y car gyda chi, Cassie.'

'Fydden i byth yn brifo Ieuan. Pryd galla i ei weld e?' Rhaid bod y fenyw yma hefyd mewn cariad gyda Ieuan, ac yn ceisio rhwystro'u serch. Pam oedd hyn yn digwydd iddi trwy'r amser? Ceisiodd godi ei dwylo i resymu gyda'r fenyw, ond sylwodd fod gefynnau am ei garddyrnau.

'Fydd hynny ddim yn bosib, Cassie. Yn naturiol, mae Ieuan yn eich ofni chi'n fawr. Rydych chi wedi bod yn ei stelcio fe ar-lein ac yn ei ddilyn e tra oedd e yng Nghaerdydd.'

'Ma' Ieuan a fi mewn perthynas, dy'ch chi ddim yn deall . . .'

'Ydych chi'n sylweddoli ble'r y'ch chi nawr, Cassie?'

'Mewn ysbyty – achos y ddamwain?'

'Ry'ch chi mewn ysbyty arbennig Cassie – mewn carchar.'

'Ma' ymwelydd 'da ti, Jones,' dywedodd y gwarchodydd yn swrth; roedd hi'n gawres o fenyw yn ei phum degau, gyda wyneb fel ci tarw.

Cerddodd Cassie gyda hi i'r ystafell ymwelwyr, ac eistedd y tu ôl i fwrdd bychan. Roedd ganddi syniad go lew pwy oedd ei hymwelydd, ac roedd hi'n awyddus iawn i'w weld unwaith eto. Doedd hi ddim yn teimlo'n ddeniadol iawn yn y *jumpsuit* oren afiach yma, iwifform y carchar. Ond gwyddai y byddai Ieuan yn dal i'w ffansïo beth bynnag roedd hi'n ei wisgo. Ac yna gwelodd e, mor olygus ag erioed, yn cerdded tuag ati. Goleuodd ei wyneb â gwên gynnes wrth ei gweld. Cusanodd hi'n wresog a chydio yn ei llaw cyn eistedd gyferbyn â hi.

'Wyt ti'n iawn, f'anwylyd?'

'Dwi'n berffaith nawr 'mod i wedi dy weld di eto, 'nghariad i.'

'Mae golwg welw arnat ti, Cassie fach.'

'Ieuan, mae ofn arna i, dwi ddim yn licio'r lle 'ma.'

'Dwi'n gwybod ei fod yn anodd, cariad, ond paid â phoeni, fe wna i dy gael di allan o 'ma chwap. Mae gen i gyfreithwyr gorau'r byd *on the case*. Ma' pawb yn gwybod bod anghyfiawnder mawr wedi digwydd i ti.'

'Ma'n nhw'n dweud 'mod i wedi lladd rhywun.'

'Doedd dim dewis 'da ti – roedd e'n atal ein serch ni. Fe wnest ti'r peth iawn. Byddi di mas cyn hir, a gallwn ni ddianc o'r twll 'ma am byth! Awn ni i Rio a dechrau bywyd newydd . . .'

'O'n i'n gwybod na fyddet ti'n fy ngadael i yma i bydru, Ieu.'

'Ti'n bopeth i fi. Wna i fyth dy adael di, ti'n gwybod 'ny.' Plygodd tuag ati a'i chusanu eto.

Roedd hi'n teimlo'n llawer gwell nawr bod Ieuan yma.

'Cassie! Cassie!'

Roedd y blydi fenyw yna'n arthio yn ei chlust – beth oedd hi ishe? A phwy oedd hi ta beth? Rhyw blydi bitsh genfigennus yn busnesan yn ei pherthynas hi a Ieuan. Trodd ati a dweud yn swrth, 'Dwi ddim ishe siarad â chi. Ma' Ieuan yn gwybod y gwir, a dyna i gyd sy'n bwysig.'

'Dwed di wrthi,' sibrydodd Ieuan yn gysurlon wrth roi ei fraich amdani.

Gorffwysodd Cassie ei phen ar ei ysgwydd. Roedd popeth gymaint gwell pan oedd Ieuan o gwmpas.

Ieuan – y diwrnod canlynol

Canodd ei ffôn. Ei fam oedd yno. *Shit*! Doedd e ddim eisie siarad â hi nawr. Doedd hi a'r teulu dal heb ddod dros y sioc ei fod e'n hoyw, ac roedd e'n dal yn grac iawn gyda hi. Yn dilyn y digwyddiad, roedd e wedi ei ffonio hi i esbonio'r cwbl, rhag iddi weld straeon camarweiniol yn y wasg, a phoenai ei fod wedi ei niweidio'n arw. Ond yr un hen stori ag arfer fuodd hi. Nid yn unig y cafodd ei fam ffit biws am ei fod wedi cael ei drywanu gan *stalker* gwallgof, roedd yn rhaid, chwedl hithau, 'iddi hi a'i deulu ddygymod â'r ffaith syfrdanol ei fod e'n ddeurywiol'. Roedd Felix hefyd wedi cael sgwrs gyda'r teulu rhag iddynt arllwys eu cwd am ei blentyndod i'r wasg. Roedd y *Daily Mail* eisoes wedi galw, ac roedd ei fam yn siŵr bod rhywun wedi hacio'i ffôn hefyd, meddai hi.

Methai anghofio ei geiriau creulon, 'Lwcus nag yw dy dad yn fyw, druan bach, i weld hyn i gyd . . . Fyddai e wedi methu ymdopi â'r cywilydd. Wnest ti gysgu 'da'r Boy George 'na, ma'r *Sun* yn gweud!'

'Mam, wnes i erio'd gysgu 'da Boy George!' (Fe wnaeth e gysgu gydag un o *exes* Boy, ond stori arall oedd honna, ac yn sicr ddim yn un roedd e am ei rhannu gyda'i fam.) Roedd hi'n fenyw blwyfol, gul a digyfaddawd. Gwyddai hynny ers ei blentyndod, ond roedd e wedi gobeithio y byddai ei chariad mamol tuag ato yn ei argyfwng wedi lleddfu rhywfaint ar ei rhagfarn. Roedd e wedi cadw'i ddeurywioldeb yn gyfrinachol yn fwy er ei mwyn hi, sylweddolodd nawr, nag unrhyw boeni am ei yrfa ac ymateb ei ffans. Y gwir oedd ei fod e'n dal yn awyddus i'w phlesio hi, a bod fel y bachgen bach da oedd e'n arfer bod – flynyddoedd cyn ei arddegau 'lletchwith' – pan oedd yn ufuddhau i bob gair ganddi.

Pan ddywedodd wrth ei fam a'i dad ei fod am ymgeisio am le yng ngholeg Rose Bruford, roedd wedi disgwyl cefnogaeth o ryw fath. Esboniodd wrthynt mai hwn oedd un o'r colegau gorau i astudio perfformio, a bod enwau mawr wedi mynd yno. Ond doedd dim llawer o ddiddordeb gyda nhw mewn gwirionedd. Roedd ei dad wedi gweithio yn y gwaith dur ym Mhort Talbot am ddeng mlynedd ar hugain, ac roedd e'n gredwr cryf mewn cael proffesiwn da, saff, fel Meddygaeth neu'r Gyfraith, nid rhyw jobyn 'ffwrdd-â-hi' fel actio. Hyd yn oed pan lwyddodd Ieuan i ennill ei le yn y coleg, ac ysgoloriaeth ar ben hynny, prin iawn oedd y ganmoliaeth a gafodd. 'Gobeithio bo' ti ddim yn gwastraffu dy amser,' sniffiodd ei fam wrth iddi ddarllen ei lythyr derbyn. 'Dwi'n deall bod 90 y cant o actorion allan o waith y dyddie 'ma. Dim ond *Pobol y Cwm* sydd i ga'l fel jobyn cyson, ti'n gwybod!'

Doedd rhyfedd iddo fynd ar gyfeiliorn yn Llundain pan gafodd e benrhyddid am y tro cyntaf. Chwyrligwgan o yfed, shagio a chymryd cyffuriau – dyna gyfnod gorau ei fywyd. Darganfod bod ganddo dalent a bod ei rieni'n anghywir, nad oedden nhw'n gwybod popeth.

Wrth gwrs, roedd ei fam wedi digio'n lân pan benderfynodd e newid ei enw o Ieuan Griffiths i Ieuan Bythwyrdd ar ôl iddo raddio. Roedd Ieuan Griffiths yn rhy debyg i Ioan Gruffudd, oedd cyngor Felix. Yn ogystal, roedd 'Bythwyrdd' yn enw na fyddai neb yn ei anghofio, ac wrth gwrs roedd Americanwyr wrth eu bodd ag enwau Cymraeg egsotig.

'Wel! Dwi wedi clywed y cwbl nawr,' dywedodd ei fam yn ddilornus pan soniodd wrthi am yr enw newydd. 'Os o'dd Richard Burton yn gallu cadw'i enw, galli dithe hefyd.'

'Ond wnaeth e ddim! Richard Jenkins oedd ei enw iawn e,' roedd Ieuan wedi ei chywiro'n falch.

'Beth am Anthony Hopkins 'te? Dwi'n siŵr ei fod e wedi cadw'i enw, a heb neud y nonsens yma wyt ti'n ei wneud.'

Doedd dim pwynt dadlau mwy gyda'i fam; doedd hi byth yn cyfaddef ei bod hi'n anghywir. Y diwrnod hwnnw, ganwyd 'Ieuan Bythwyrdd' yn swyddogol, ac anghofiwyd am Ieuan Griffiths a'i fywyd plwyfol pathetig yn Sir Gâr. Bu farw ei dad yn sydyn dair blynedd yn ôl, o drawiad annisgwyl ar y galon, ac yntau'n ddim ond 52 oed. Straen holl waith corfforol y gweithfeydd, dywedodd y meddyg.

Roedd Ieuan wedi ceisio closio at ei fam ar ôl colli'i dad. Gwahoddodd hi i'r BAFTAs y tro cyntaf y cafodd ei enwebu. Ond roedd yn well ganddi hi aros y tu allan i'r giatiau yn ei ffrog rad o BHS, yn gwingo fel merthyr yn debyg i Stella Dallas, na mwynhau'r noson gydag e.

'Be fydden i moyn lan fan 'na 'da phobol grand Llunden, gwed?' oedd ei hymateb pan ddangosodd y gwahoddiad crand iddi.

'Cefnogi'ch unig fab, falle?' atebodd yntau'n siarp. 'Nid pob dydd mae dyn yn cael mynd i'r BAFTAs, chi'n gwybod!'

''Sdim ishe bod fel 'na,' oedd ei hymateb. 'Ti'n gwybod nagw i'n lico mynd o gytre.'

'Ma' nerfe Mam yn rhacs dyddie 'ma, cofia,' ychwanegodd ei chwaer Lowri'n amddiffynnol. Roedd hi wastad yn cadw ochr eu mam, beth bynnag oedd yn digwydd. Diolch byth nad oedd e'n unig blentyn, ac y gallai adael Lowri i gadw llygad ar eu mam fel nad oedd angen iddo fe boeni amdani. Roedd Lowri'n brifathrawes mewn ysgol gynradd leol ac yn plesio'r hen fenyw i'r dim; yn Gadeirydd Pwyllgor yr Eisteddfod leol ac yn magu ei phlant perffaith yn sybyrbia diogel Caerfyrddin.

Pan fethodd ennill y BAFTA y tro cyntaf hwnnw, chafodd e ddim cysur gan ei fam eto fyth. 'Wel, roedd y boi enillodd yn well actor na ti, on'd o'dd e? 'Na i gyd ti'n neud yn dy ranne di yw lapswchan rhyw lodes noeth bob whip stitsh! Ma' angen 'bach mwy na hynny i ennill y BAFTA. Dwi ddim yn arbenigwr, ond galla i weld 'ny!'

Roedd hi wastad yn dweud, 'Dwi ddim yn arbenigwr ond . . .' Byddai'n dda ganddo fagu digon o asgwrn cefn i weiddi 'nôl, 'Na, dy'ch chi *ddim* yn arbenigwr, felly caewch eich blydi chops!' Ond roedd ei phŵer drosto'n dal yn rhy gryf, ac roedd e'n dal yn awyddus i'w phlesio.

Roedd y ffaith ei fod yn hoyw wedi'i bwrw hi oddi ar ei hechel yn llwyr, fel y gellid ei ddisgwyl. Roedd Lowri wedi ei ffonio i'w rybuddio bod 'Mam wedi cael tŷrn ofnadw ar ôl darllen dy hanes di ... Sut galli di wneud hyn i'r teulu? Dwi'n gorfod wynebu'r plant yn yr ysgol, ac yn waeth fyth, y rhieni a'r athrawon eraill. Ma'n nhw i gyd yn gwybod nawr beth ddigwyddodd i ti, a siwd ddigwyddodd e!'

Pan ddaeth ei fam at y ffôn, roedd hi wedi penderfynu cyflwyno perfformiad arbennig – ei *dying swan act* roedd e'n ei alw: 'Rwy'n beio'n hunan, yn gadael i ti fynd i'r Rose Bruford 'na. O't ti'n fachgen mor normal cyn 'ny. Dyna lle mae'r holl hoywon a'r pyrfyrts 'na'n casglu ... Ma'n rhwydd i fachgen ifanc naïf fynd ar gyfeiliorn.'

'Mam, buodd y fenyw wallgo 'ma bron â'n lladd i, ac fe laddodd hi rywun arall o flaen fy llygaid i ... 'Sdim pripsyn o gydymdeimlad 'da chi?'

Roedd Ieuan yn synnu at y ffaith ei bod hi'n dal yn medru ei frifo i'r byw hefo'i hagwedd ddideimlad. Roedd Dr Brian yn dweud mai hi oedd ar fai am lawer o'i *issues* e – ei deimladau cymhleth at fenywod hŷn (fe dreuliodd e gwpl o flynyddoedd yn cysgu gyda menywod ymhell dros eu pum deg), ei awydd cryf am sylw a dilysiad wrth eraill, a'r newyn di-baid am glod.

'Wel, ti'n iawn, on'd wyt ti?' dywedodd hi'n siarp. ''Sen i'n ti, bydden i'n mynd i'r clinic 'na am sbelen i weld os doi di atot dy hunan. A phaid â gwneud rhagor

130

o gyfweliadau yn y papurau na'r cylchgronau am y busnes echrydus 'ma, wnei di? Alla i ddim dangos 'yn wyneb yn salon Irene fel mae 'ddi!'

Roedd e wedi rhoi'r ffôn i lawr arni yn y diwedd. Doedd dim modd rhesymu gyda'r fath greadur. Roedd e'n lwcus bod gydag e Felix yn gefn iddo, a bod Kelli hefyd yn solet ac yn help mawr yn y nos, pan oedd yr hunllefau'n dal i lenwi ei gwsg. Roedd e wedi methu cael rhyw ers y digwyddiad. Roedd Dr Brian yn dweud bod hyn yn naturiol – bod y profiad trawmatig a gawsai wrth gyflawni'r weithred y tro diwethaf yn ddigon i amharu ar libido Dirk Diggler ei hun! Amser oedd ei angen arno, dywedodd Dr Brian; amser i wella'n gorfforol ac yn feddyliol.

'*Rise and shine*, Ieu!' Roedd Felix yn ei ysgwyd wrth iddo ddeffro'n araf o'i drymgwsg. Daliai Kelli i chwyrnu'n ysgafn wrth ei ochr.

'Kelli! Cer mas o 'ma!' dywedodd Felix yn ddigon diseremoni. 'Bydd dynes *Hello* yma mewn llai nag awr!'

'*Shit*! Sori!' dywedodd Kelli'n siriol fel arfer, wrth iddi gasglu ei dillad at ei gilydd a gadael yr ystafell yn bur drafferthus ar ei ffyn baglau.

'Reit, cer i gael cawod, ond paid â phoeni am y stỳbl – ma'n nhw ishe i ti edrych 'bach yn *rough* achos y straen,' dywedodd Felix yn ddi-lol wrth godi'r ffôn.

'Two eggs Benedict please, penthouse suite . . . Our usual boy should have the code-name.'

Ers i'r *Daily Mail* geisio torri i mewn i'w ystafell gyda'r gweinydd ffug, roedd Felix wedi rhoi enw cod i'r gwesty ei ddefnyddio wrth weini bwyd, er bod Clive yn dal i sefyll fel coeden braff y tu allan i'w ystafell.

'Gest ti'r stwff i fi?' Edrychodd Ieu yn awchus ar Felix.

'Do, do, ond well i ti ei gymryd e ar ôl i *journo Hello* fynd. Dwi ishe i ti fod yn gwbl effro i ddelio 'da'r cwestiyne 'ma.'

Nodiodd Ieu yn anfoddog – roedd e wedi edrych ymlaen at ei *pick-me-up*. Byddai'n rhaid iddo geisio cael ei gyflenwad ei hun o rywle. Gallai ofyn i Kelli – rhaid ei bod hi'n adnabod rhywun – er, y perygl yn fan 'na oedd y byddai'n adrodd y cwbl wrth Felix os na fyddai'n ofalus. Arllwysodd goffi du iddo'i hun, a phenderfynu sôn wrth Felix am ei fam.

'Beth wna i os wnewn nhw ofyn am Mam?'

'Wel, 'smo ni'n moyn iddyn nhw siarad â hi ar unrhyw gyfri, neu strywith hi bopeth. Y peth gore i ti ei wneud yw dweud ei bod hi'n gefnogol iawn i ti ar amser anodd, ond bo ti'n gwarchod ei phreifatrwydd hi achos dyw hi ddim yn arfer bd yn llygad y cyhoedd.'

'Iawn.' Cyneuodd Ieuan sigarét a gwylio'r mwg yn chwyrlïo o'i gwmpas. Doedd dim hawl ganddo i smocio yn y stafell, ond am fil o bunnoedd y noson roedd y Grosvenor yn barod i anwybyddu sawl camwedd.

'O'n i'n meddwl bydde hon yn dwtsh bach neis,' dywedodd Felix, gan dynnu modrwy blatinwm debyg i fodrwy briodas, o'i boced a'i rhoi yn llaw Ieuan.

'Beth yw hi?' holodd Ieuan yn ddiddeall.

'Wel, meddwl bydde'n neis petai Rhun wedi rhoi *memento* bach i ti – rhywbeth i roi 'bach o gnawd ar esgyrn y cyfweliad. *Promise ring* ma'n nhw'n galw nhw yn America. Chi'n eu cyfnewid nhw cyn dyweddïo.

Dangos nad jyst ffling o'ch chi, bo' chi o ddifri . . . 'Smo menywod cenhedlaeth dy fam yn lico clywed am eu hoff actorion ifanc jyst yn shago'i gilydd fel cŵn gwyllt – ma'n rhaid cael 'bach o ramant 'fyd. Ac ma' fe'n *scoop* i *Hello*, bo chi ar fin dyweddïo hefyd.'

'Sai'n siŵr, Felix, sai ishe i bawb feddwl 'mod i'n gwbwl hoyw. Dwi ishe cadw'n opsiynau'n agored.'

'Gwranda, ma'n well bo' nhw'n dy weld di fel ffigur arwrol, trasig a hoyw nag fel ryw slwt deurywiol sy'n shago unrhyw beth – boed e'n Arthur neu'n Martha!' atebodd Felix yn flin, gan ddechrau bwyta ei wyau.

'Ocê, ocê,' dywedodd Ieuan gan wthio'r fodrwy ar ei fys.

'Gwd boi,' dywedodd Felix yn falch, gan estyn ei frecwast iddo. 'Nawr byt hwn – ma' golwg wedi hanner trigo arnat ti!'

Tridiau'n ddiweddarach

'Felix!' Roedd Ieuan yn sgrechian lawr y ffôn yn orffwyll. 'Ti 'di gweld *Grazia* heddi?'

'Na, ddim 'to, mae e yn 'y mhentwr i. Be sy'n bod, Ieu?'

'Y ffacin dorth Serena 'na! Ma' hi wedi gwneud *exposé* amdana i a Rhun – pedair tudalen, ac mae hi ar y clawr! A llunie ohoni hi a Rhun, a hi a fi yn yr angladd, ac yn Marbella . . . ac mae'n gweud mai hi oedd fy ngwir gariad i ac mai jyst ffling oedd Rhun . . . Ac mai hi oedd gwir gariad Rhun hefyd!'

'*Shit*!' Roedd Felix, a oedd bob amser yn feistr ar unrhyw sefyllfa, hefyd yn flin fel cacwn.

'Ie, "*shit*"! Be ddiawl ti'n neud, Felix, gwed? O'n i'n

meddwl mai'n ecsgliwsif *i* oedd hwn, nid cyfle i godi proffil dy angel fach di, Serena!'

'Gwranda, Ieu, mae hi 'di mynd tu ôl i 'nghefn i i wneud hyn. Doedd dim syniad 'da fi! Ti'n meddwl bydden i wedi sbwylio'r holl waith wnethon ni 'da *Hello*? Byddan nhw'n tampan nawr; ma'n nhw'n mynd i'r wasg fory. Wel, galla i eu ffonio nhw a chynnig dy slant di arni hi Serena – dweud ei bod hi'n byw mewn byd o ffantasi, wastad eisie sylw; ei bod hi'n eiddigeddus ohonot ti a Rhun . . . Dwi'n siŵr y galla i achub y stori . . .' Dychwelodd yr hyder cyfarwydd i lais Felix wrth iddo feddwl am ei strategaeth nesaf.

'Ond mae hithau'n glient i ti, Felix.'

'Ddim ar ôl hyn. Mae'r bitsh fach wedi cachu ar ei *canapés*,' dywedodd Felix, a haearn yn amlwg yn ei lais. 'Dwi'n ame bod ganddi rywun arall y tu ôl i'r llenni os yw hi wedi llwyddo i gael *spread* mor fawr yn *Grazia* – a'r clawr . . . Paid gadael iddi dy ypseto di. Nid hi sy bia'r stori – mae'n pathetig, y ffordd mae hi'n ceisio crafu briwsion oddi ar y ford. Ond fe wna i'n siŵr fod pawb yn Fleet Street yn gwybod mai celwyddgi fach yw hi. A meddylia amdano fel tamed i aros pryd cyn dy stori fawr di fory . . .'

'Ocê, diolch Felix.'

Teimlai Ieu yn llawer gwell nawr, ac roedd yn falch bod Serena, y witsh dan din, wedi digio Felix. Roedd e'n elyn pwerus iawn ac yn adnabod pawb. Byddai'n well i Serena fach gael ei wellingtons yn barod, achos byddai'n chwarae rhan gachu yn *Midsomer Murders* chwap – a hynny os byddai hi'n lwcus!

Eisteddodd ar ei Barcalounger cyffordus a chynnau sigarét wrth ailddarllen y cyfweliad. Dyna lle'r oedd hi ar glawr y cylchgrawn, wedi ei steilio fel Veronica Lake, y seren o'r 1940au, yn gwisgo ffrog wen gan Vivien Westwood ac yn gwneud llygaid llo o dan ei *fringe* aur. Roedd hi'n gwisgo'r mwclis Chopard brynodd e iddi yn Marbella – diemwnt chwaethus mewn siâp calon arian. Talodd e filoedd amdanyn nhw, damo hi! Roedd y pennawd yn chwerthinllyd o amlwg, *'Fi oedd gwir gariad Bythwyrdd!'*

Er, pob chwarae teg iddi am feiddio rhaffu'r fath gelwyddau. Os gwneud, gwneud jobyn yn iawn. Roedd hi hyd yn oed wedi datgelu ei bod hi wedi cysgu gyda Rhun hefyd: 'Triongl Serch Trasig', sibrydai pennawd nesaf *Grazia*.

'Daeth Rhun i fy ystafell i ar ôl treulio'r noson 'da Ieuan ar ôl y BAFTAs . . . Roedd Ieu wedi ymbil ar Rhun i gysgu 'da fe unwaith eto,' dywedodd Serena'n dawedog wrth iddi fodio'r mwclis a brynodd Ieuan iddi mewn cyfnod hapusach. 'O'dd Rhun mor galon-feddal, ac o'dd e wedi edmygu Ieu er pan oedd e'n fachgen ysgol. Ac wrth gwrs, ro'dd Ieu yn fregus ar ôl colli'r BAFTA am y trydydd tro . . . Mae e'n gallu bod yn llawn perswâd – y little boy lost *gwreiddiol . . .'*

Bitsh! Roedd hi wedi dwyn y berl fach yna am Rhun yn ei edmygu er pan oedd e'n fachgen ysgol oddi wrth ei fam yn yr angladd. A dyna ffordd fach giaidd o awgrymu ei fod e'n hen fel pechod ar yr un pryd. Ac roedd cyfeirio at ei golledion niferus yn y BAFTAs yn ychwanegu cic stiletto arall at y ceilliau! Arllwysodd wydraid o wisgi Brycheiniog cyn darllen ymhellach.

'Dyna'r noson fwya tanbaid o ryw ges i erioed. Roedd stamina Rhun yn rhyfeddol – wel, o'dd e bum mlynedd yn iau na Ieu. Mae hynny'n gwneud gwahaniaeth. Ac mae honno'n noson y bydda i'n ei thrysori yn fy nghalon am byth. Ond o'n i'n gwybod nad oedd dyfodol i ni'n dau. Bu raid i mi orffen pethe'r nosweth 'ny, er i Rhun ymbil arna i i beidio. Do'dd hi ddim yn deg rhoi mwy o loes i Ieu. O'dd e wedi bod yn cysgu 'da Rhun i drio' ngwneud i'n eiddigeddus – dywedodd e wrtho i un noson feddwol yn y Groucho Club. Do'dd e byth wedi dod droston ni'n gorffen . . .

'Wedodd Ieu bo' ni fel Liz Taylor a Richard Burton – wedi'n bwriadu i fod 'da'n gilydd am byth. Ond o'dd'y nghalon i gyda Rhun yn y bôn. Fe o'dd fy Richard Burton i.'

Yna bu'n rhaid i'r actores ifanc gael hoe fach i frwydro yn erbyn yr emosiynau cymhleth yn ei chalon. Llifai'r dagrau i lawr ei gruddiau perffaith, ac ymddiheurodd am sbwylio'r colur ar ei hwyneb. Ond edrychai'n fwy prydferth na Grace Kelly ym mlodau ei dyddiau . . .'

Ffor ffac's sêcs! Cyneuodd Ieuan sigarét arall yn ei ddicter. Pwy oedd y ffŵl o *fan-girl* oedd yn glafoerio dros Serena wrth ysgrifennu'r erthygl 'ma? Trodd at y dudalen nesa a dyna lle'r oedd llun mawr ohono fe a Rhun yn y BAFTAs, a llun mwy fyth o Serena ac yntau yn yr angladd. Roedd *Grazia* hefyd wedi gwneud *photoshoot* gyda Serena'n pwyso'n feddylgar yn erbyn coeden, ac yn gwisgo ffrog *kimono* aur ag elyrch disglair arni (Matthew Williamson: £1500). Elyrch, myn yffarn i – byddai 'sguthanod yn fwy addas!

Gofynnais i Serena a oedd y berthynas rhwng Rhun a Ieuan yn un ddifrifol. Oedodd am ychydig cyn ateb yn ddiplomataidd, 'Wel, o ran Rhun, nag oedd. Roedden nhw'n mwynhau bod yn ddeurywiol, ac o'n i'n ddigon meddwl-agored i adael iddyn nhw gael cyfathrach nawr ac yn y man. Ond surodd pethe pan syrthiais i a Rhun am ein gilydd go iawn. Roedden ni'n dau'n ceisio dianc o'n perthynas gyda Ieuan. Ond mae'n anodd pan dy'ch chi ddim ishe brifo rhywun. Ac ma' Ieuan wedi arfer cael ei ffordd ei hun. O'dd e ishe fi 'nôl. A do, cysges i 'da fe ar ôl angladd Rhun. O'dd angen y rhyddhad ar y ddau ohonon ni, er bod nerfe Ieu druan yn rhacs ar ôl y noson ofnadwy honno . . .'

Wel, o'dd hi 'di cael un peth yn iawn, o leia!

Beth am y dyfodol? Oedd Serena a Ieu am gynnau tân ar hen aelwyd? Agorodd Serena ei bag a thynnu hances allan i sychu ei gruddiau.

'Dwi wastad yn mynd i fod yn ffrind i Ieuan. Ac ymhen amser, bydd e'n deall mai dim ond ffrindie gallwn ni fod . . . bod 'y nghalon i gyda Rhun . . . ac felly y bydd hi am byth . . .'

Gwyliais y ferch ddewr a phrydferth yn ceisio gwenu trwy ei dagrau, a meddyliais am fywydau cymhleth sêr y sgrin fawr. Mae popeth gyda nhw – y prydferthwch, y talent a'r arian. Ond heb gariad a thawelwch meddwl, does gan neb ddim.'

Taflodd Ieuan y cylchgrawn o'r neilltu'n ddilornus. Gobeithio bod Felix wedi cael cyfle i lansio counter-attack yn Hello, neu byddai'r bitsh fach wedi strywa popeth. Aeth ar Twitter i weld beth oedd barn ei ffans a'i feirniaid. 'Triawd Trasig #serenanshagiorhun'; 'Ieu a Rhun am byth – ffac off Serena #Serenabitshgas'; 'Serena'n edrych mor ffit yn @Grazia heddiw. Caru gwallt ti!' 'Stori Serena – y gwir am Ieu a Rhun #ieurhunaser'; 'Ieu yn methu anghofio Serena – ond Rhun ei gwir gariad #OMG!'

Daeth cnoc ar y drws a chlywodd lais cyfarwydd, 'Ieu! Ti 'na? Fi sy 'ma.' Diolch byth, Dr Bri oedd yno. Roedd ganddo ddigon i'w rannu gydag e heddiw.

Deuddydd yn ddiweddarach

Roedd Ieuan yn fodlon iawn gyda'r erthygl yn *Hello*. Roedden nhw wedi gwneud jobyn gwych. Roedd y llun du a gwyn chwaethus ar y clawr ohono'n gwisgo'i siwt alar yn edrych yn drist i'r pellter yn ffab. Roedd y pennawd yn wych hefyd, 'Y *Gwir* am gariad Bythwyrdd', oedd yn grêt am ei fod yn gwatwar pennawd erthygl Serena yn *Grazia*.

Roedd Felix wedi gwneud jobyn da hefyd, yn rhoi torpido go iawn dan ben-ôl Serena. Darllenodd yr erthygl eto a'i mwynhau'n fwy fyth y tro hwn:

> *Does neb wedi medru osgoi stori'r 'Welsh Bunny Boiler' yn y cyfryngau dros y misoedd diwethaf. Hyd yn hyn, dyw prif gymeriad y drasiedi – yr actor enwog Ieuan Bythwyrdd – heb rannu ei stori gyda'r wasg. Ond nawr, mae'n teimlo'n barod i rannu'r cwbl gyda darllenwyr* Hello*: ei gariad angerddol a chyfrinachol at y diweddar actor Rhun Lewis; ei hunllefau ar ôl y noson ofnadwy honno, a'r gwir am ei berthynas â Serena Lloyd. Dim ond yn* Hello*!*

Y peth cyntaf sylwais i am Ieuan, heblaw pa mor olygus yw e (mae'r bachgen yn gwneud i Robert Pattinson edrych yn ddigon cyffredin!), oedd ei fod yn fregus iawn. Wedi colli dros hanner stôn ers y drasiedi, mae esgyrn ei wyneb yn ddigon siarp i'ch torri chi, ac mae byd o drybini yn y llygaid mawr glas. 'Sut wyt ti'n teimlo erbyn hyn, Ieuan?' holais wrth i ni fwynhau paned o Earl Grey yn ei suite *mewn gwesty ecsgliwsif yn Llundain.*

'Dwi'n cymryd un dydd ar y tro,' dywedodd Ieuan yn ddewr, gan gymryd llymaid o de. 'Dwi'n cael therapi gan fod fy seiciatrydd yn amau 'mod i'n dioddef o post-traumatic stress disorder, *ond gyda'i help e a ffrindie da, dwi'n dod drwyddi'n ara bach.'*

Oherwydd bod achos llys yn yr arfaeth yn erbyn Cassandra Jones, y fenyw a gyhuddwyd o lofruddiaeth am ei hymosodiad ar Rhun Lewis, all Ieuan ddim trafod digwyddiadau'r noson ofnadwy mewn manylder. Ond sut wnaeth e ymateb i'r cyfan? A sut mae e'n ymdopi gyda'r boen o golli Rhun, ei gariad cudd?

'Mae'r cyfan yn dal yn teimlo'n gwbl afreal, a bod yn onest. Dwi'n dal i ddisgwyl gweld ei wyneb a'i wên annwyl e. Mae'n ofnadwy meddwl na wela i mohono fyth eto. Ac rwy'n teimlo mor flin dros ei deulu . . .'

'Roedd hi'n dipyn o sioc clywed dy fod ti a Rhun mewn perthynas hoyw. Pam y cyfrinachedd?'

'Yn anffodus, yn y busnes yma, mae rhagfarn yn erbyn pobol hoyw yn dal yn rhemp, ac roedd Rhun a fi wedi cael ein cynghori i gadw'n perthynas yn dawel nes ein bod yn siŵr ein bod ni o ddifrif.'

'Ac oeddech chi?'

Gwenodd Ieuan wrth chwarae gyda modrwy

chwaethus ar ei fys priodas. Gan amneidio at y fodrwy, dywedodd yn dawel, 'Roedd Rhun a fi newydd benderfynu ein bod ni'n ecsgliwsif a bod ein perthynas yn un bwysig. Fe roddodd y fodrwy yma i fi fel rhyw fath o adduned y noson olaf honno – roedden ni wedi dyweddïo, i bob pwrpas. Roedden ni wedi penderfynu "dod allan" ar ddydd LGBT ym mis Medi . . .'

Synhwyrais nad oedd y dagrau ymhell er ei fod yn ymladd yn wrol yn erbyn dangos ei deimladau. A beth am yr actores Serena Lloyd, ex *Ieuan? Roedd hi'n gefn mawr i Ieuan yn yr angladd, ond nawr mae hi wedi gwerthu ei stori i gylchgrawn arall, gan honni taw hi oedd gwir gariad y ddau ohonyn nhw.*

Gwenodd Ieuan yn chwerw-felys a dweud, 'Dim ond un peth sy'n bwysig i Serena, sef Serena ei hun. Mae hi wrth ei bodd yn cael sylw a bod yn ffocws i bopeth, a doedd hi ddim yn hapus o gwbl pan glywodd hi am berthynas Rhun a fi. Oedd, roedd Rhun wedi cael un ffling gyda hi, ac fe ges i berthynas gyda hi am chwe mis, sbel yn ôl. Mae'n ferch hyfryd, ond yn high-maintenance. *Yn anffodus, dyw hi ddim wedi dweud y gwir yn yr achos yma, ond dwi ddim am gael* slanging match *cyhoeddus gyda hi. Mae hi a fi'n gwybod yn iawn beth ddigwyddodd gyda Rhun, ac mae'r ffaith mai gyda fi oedd e'r noson ola honno'n adrodd cyfrolau . . .'*

Bang! Roedd Felix wedi ei hoelio hi'r tro hwn! Ta-ta, Serena!

Pennod 8

Chwe mis yn ddiweddarach
Cassie a Ieuan – y Llys

'Fel arbenigwr yn y maes, ac fel un sydd wedi treulio cryn dipyn o amser yn ei hasesu, dwi'n gwbl sicr fod Cassandra Jones yn dioddef o *erotomania*. Salwch meddwl yw hwn, pan fo'r claf yn camddychmygu bod unigolyn – fel arfer, dieithryn o statws uwch na nhw, neu rywun enwog – yn eu caru nhw. Mae'r claf yn hollol argyhoeddedig bod gwrthrych eu serch yn eu caru nhw hefyd, ac y byddent yn datgan y cariad hwnnw pe na bai ryw ddylanwad allanol yn eu rhwystro.'

'Yn eich barn chi, Dr Brown, pa ddylanwadau allanol oedd Cassandra Jones yn eu gweld fel rhwystrau i'r berthynas honedig hon?' holodd yr erlynydd.

Edrychodd Louisa Brown ar y dorf yn y llys gan oedi'n ddramatig cyn ateb. Roedd hi'n mwynhau ei moment fawr. Wel, hwn oedd achos llys y ganrif, ac yn ei barn hi, roedd hi'n un o brif gymeriadau'r ddrama. Roedd y cyfryngau i gyd wedi dotio at yr achos. Stelcio, obsesiwn, actorion enwog mewn perthynas gyfrinachol, marwolaeth, trasiedi – yr holl elfennau angenrheidiol i rwydo'r cyhoedd. Ac roedd Louisa Brown wrth ei bodd yn cael llwyfan fel hwn. Unwaith y byddai'r achos ar ben, gallai fanteisio ar y cyfle i ystyried y cynigion niferus roedd hi eisoes wedi eu derbyn. Erthygl wythnosol yn y *Sunday Times* yn trafod problemau'r *psyche* modern, eitem deledu ddyddiol

141

gyda Lorraine Kelly yn cynghori pobl gyda phroblemau carwriaethol . . . hefyd, wrth gwrs, hi fyddai pyndit newydd *Heat*, yn dadansoddi iaith gorfforol y selébs oedd â marc cwestiwn dros gyflwr eu perthynas.

'Mae Ms Jones wedi cyfaddef wrtha i mewn sesiwn therapi ei bod hi wedi gwenwyno un o'i chydweithwyr, Fiona Evans, gyda chacen siocled, ac wedi doctora brêcs sgwter un arall, Lois Harrington. Y rheswm am hyn oedd bod Ms Jones yn poeni y byddai Ms Evans neu Ms Harrington yn cael cyfle i gyfweld â Ieuan Bythwyrdd ar gyfer rhaglen deledu yn ei lle hi.'

'Bitsh!' gwaeddodd Fiona o'r galeri, a'r cam yn ei herbyn yn dal i'w phigo.

'Tawelwch yn y llys!' arthiodd y barnwr.

'Ac roedd un o gydweithwyr Mr Bythwyrdd, Kelli Moss, hefyd yn rhwystr arfaethedig i Ms Jones?'

'Fe gyfaddefodd Ms Jones hefyd ei bod wedi gwthio Kelli Moss i lawr y grisiau tra oedd y ddwy ohonynt ar leoliad yng Nghaerdydd. Roedd hi o'r farn fod Kelli Moss yn fygythiad pellach iddi yn ei hymgais i ennill calon Mr Bythwyrdd.'

'Pam ydych chi'n meddwl bod Ms Jones wedi canolbwyntio ar Mr Bythwyrdd? Wedi'r cwbl, mae llawer o actorion ifanc a golygus eraill yng Nghymru.'

'Mae gan Ms Jones obsesiwn am fyd y selébs. Mae hi'n casglu cylchgronau am bobol enwog, yn dilyn eu bywydau'n ofalus ar-lein, ac yn y gorffennol mae hi wedi danfon negeseuon Twitter niferus at actorion Americanaidd fel John Cusack a Leonardo DiCaprio. Ond doedd hi heb gwrdd ag un o'r actorion yma, a doedd dim siawns y byddai'n gwneud chwaith.

'Y gwahaniaeth yn yr achos yma yw bod Mr

Bythwyrdd i'w weld o fewn ei gafael. O'i safbwynt hi, fe gerddodd i mewn i'w bywyd pan aeth hi i'w gyfweld e ar gyfer rhaglen deledu. Mae'n wir fod gan Ms Jones obsesiwn am Mr Bythwyrdd cyn hynny, ond yn fwy na thebyg, byddai ei diddordeb wedi chwythu ei blwc pe na bai hi wedi cyfarfod ag e yn y cnawd. O ganlyniad i'r cyfarfod yma, roedd yn haws iddi greu ffantasi ei fod e'n ei charu hi ac eisiau cael perthynas gyda hi.'

'Ydych chi'n meddwl bod Ms Jones wedi cynllunio'r ymosodiad ar Rhun Lewis?'

'Dwi ddim yn credu ei bod yn fwriad ganddi i ladd Mr Lewis cyn mynd i'r fflat. Ond mae'r ffaith ei bod hi wedi ymosod ar dri pherson arall roedd hi'n meddwl oedd yn ei rhwystro rhag cael perthynas gyda Ieuan Bythwyrdd – ac wedi gafael mewn arf tra oedd hi yn y fflat pan glywodd hi rywun arall yn yr ystafell wely gyda Mr Bythwyrdd – yn dangos ei bod hi'n fenyw beryglus iawn.'

'Yn eich barn broffesiynol chi, ydy Ms Jones yn ddigon atebol yn feddyliol i wynebu cyhuddiad o lofruddiaeth a'r cyhuddiadau difrifol eraill yn ei herbyn?'

'Er bod Ms Jones yn byw mewn byd o ffantasi, ac yn credu'n ddiffuant ei bod hi mewn perthynas gyda Ieuan Bythwyrdd, rydw i o'r farn ei bod hi'n llawn sylweddoli bod ymosod ar unrhyw un yn erbyn y gyfraith ac yn gwbl anghywir. Rwy'n credu ei bod hi'n ddigon atebol i wynebu'r cyhuddiadau yn ei herbyn.'

Daeth ebychiadau o ryddhad a sioc o'r galeri wrth i bawb fel un droi i lygadu dau brif gymeriad y ddrama. Ond roedd Cassie'n anwybyddu pawb a phopeth yn y llys, a'i ffocws ar un person yn unig: Ieuan. Ac er ei bod hi wedi'i hamgylchynu gan heddweision, teimlai Ieuan yn nerfus iawn ei bod hi yn yr un ystafell ag ef. Roedd yn falch, fodd bynnag, fod y seiciatrydd wedi cytuno bod y bitsh yn ddigon *compos mentis* i sefyll ei phrawf am ei gwallgofrwydd. Doedd e ddim ishe ei gweld hi'n cerdded yn rhydd ac yn ei stelcio unwaith eto.

Yna, roedd hi'n amser i gyfreithiwr yr amddiffyniad holi Dr Brown.

'Dr Brown, rydych chi eisoes wedi dweud bod Ms Jones yn dioddef o'r salwch meddwl *erotomania*. O'r hyn rwy'n ei ddeall, mae'r salwch yn gysylltiedig â sgitsoffrenia a thueddiadau deubegwn. Gellid dweud, felly, bod y salwch y tu hwnt i reolaeth Ms Jones. A fyddech chi'n cytuno â hyn?'

'Mae cyflwr *erotomania* yn dal i gael ei astudio a'i ymchwilio, ac mae'n gymhleth iawn i'w ddadansoddi'n ddiffiniol. Mae sawl gwahanol fath o stelciwr – y stelciwr erotomanig, y stelciwr seicotig, y stelciwr â patholeg personoliaeth dwys – a gall rhai achosion o stelcio fod o ganlyniad i sgitsoffrenia, clefyd deubegwn neu iselder. Rydw i o'r farn fod Cassandra Jones yn perthyn i gategori'r stelciwr erotomanig, a'i bod yn dioddef o anhwylder personoliaeth narsisistaidd ac, i raddau llai, nodweddion camddychymyg, *schizoid* a pharanoia.'

'Felly a fyddai modd i Ms Jones reoli'r fath gatalog o broblemau meddyliol heb arbenigedd seiciatrydd?'

'Na fyddai.'

'Ydych chi'n cytuno hefyd y gellid bod wedi osgoi'r drasiedi hon petai Ms Jones wedi derbyn therapi a meddyginiaeth effeithiol i ddelio â'i salwch cyn yr ymosodiad?'

'Mae'n amhosibl darogan y gorffennol, a'r hyn *allai* fod wedi digwydd, ond yn sicr, petai Ms Jones wedi

144

gweld seiciatrydd cyn y digwyddiad, byddai ef neu hi wedi argymell ei bod yn cael ei chadw mewn ysbyty meddwl am driniaeth ddwys.'

'Diolch, Dr Brown. Dwi'n deall hefyd o astudiaeth un arbenigwr yn y maes bod llawer o stelcwyr wedi dioddef colledion mawr yn eu plentyndod, a bod hyn yn medru bod yn gysylltiedig â'r salwch. Ydw i'n gywir?'

'Gwrthwynebiad, amherthnasedd,' dywedodd yr erlynydd yn ddig.

'Dwi am ddangos gwreiddiau'r salwch a arweiniodd at y digwyddiad dan sylw.'

Nodiodd y barnwr ac atebodd Dr Brown yn ddiduedd.

'Ydy, mae astudiaeth Kienlen yn cynnig damcaniaeth am y rhesymau dros *erotomania.*'

'Ydy cefndir Ms Jones yn dilyn y ddamcaniaeth honno?'

'Fe gollodd Ms Jones ei mam, ei thad a'i brawd mewn damwain car pan oedd hi'n ddeg oed. Mae hyn yn achos o golled all ddod ag obsesiwn yn ei sgil, a gallai hynny fod wedi cyfrannu at ei salwch.'

'Diolch, Dr Brown.'

Shit! meddyliodd Ieuan wrth sylwi bod ambell aelod o'r rheithgor yn edrych yn fwy cydymdeimladol at Cassie ar ôl dysgu am ei cholled deuluol. Pawb â'i fys lle bo'i ddolur – digon teg, ond doedd hynny ddim yn rhoi *carte blanche* i neb chwifio cleddyfau mewn ystafelloedd gwely a lladd pobl! Blydi *bleeding hearts.*

A nawr roedd yr Inspector yn cyflwyno'i dystiolaeth. Doedd Ieuan ddim yn meddwl bod hwnnw'n un o'i ffans pennaf. Synhwyrodd hynny wrth iddo edrych lawr ei drwyn arno ar noson y gyflafan. Ond doedd dim modd iddo fe na neb arall newid y ffeithiau.

'Inspector James, allwch chi ddisgrifio'r olygfa welsoch chi wrth gyrraedd fflat Mr Bythwyrdd ar Fehefin y trydydd, os gwelwch yn dda?' holodd yr erlynydd yn gwrtais.

'Roedd Rhun Lewis yn gorwedd yn farw ar y gwely, yn gwbl noeth. Roedd wedi cael ei drywanu sawl gwaith, gan gynnwys yn ei frest. Roedd Mr Bythwyrdd yn eistedd mewn cadair freichiau yn yr ystafell wely, ac roedd yntau wedi cael ei drywanu yn ei fraich.'

'Mae lluniau o gorff Mr Lewis wedi cael eu dangos i'r rheithgor,' nododd yr erlynydd yn ddiemosiwn.

Crynodd Ieuan. Doedd dim angen iddo fe weld yr un llun – roedd yr olygfa erchyll yn dal i fod yn frawychus o glir yn ei feddwl.

'Oes unrhyw bosibilrwydd o gwbl taw damwain oedd hyn?'

'Nid damwain yw hi pan fo rhywun yn trywanu person â chleddyf.'

'Allwch chi ddisgrifio'r hyn ddigwyddodd wrth i chi geisio dal Ms Jones ar ôl yr ymosodiad?'

'Roedd Ms Jones wedi dianc yn ei char, a gyrru dros yr hen bont Hafren pan ddalion ni lan â hi. Roedden ni'n ei dilyn hi yn ein ceir ac mewn hofrennydd, ond gwrthododd ildio. Wrth i ni glosio, fe yrrodd hi'r car yn fwriadol i mewn i'r afon. Mae'n wyrth ei bod hi wedi byw drwyddi.'

'Gan fod Ms Jones wedi dianc o fflat Mr Bythwyrdd ar ôl iddi gyflawni'r weithred, fyddai hyn yn awgrymu i chi ei bod hi'n sylweddoli ei bod wedi gwneud rhywbeth difrifol?'

'Dydw i ddim yn seiciatrydd,' dywedodd yr Inspector yn sychlyd. Daliodd Ieuan ei wynt. 'Ond yr euog a ffy, medden nhw,' ychwanegodd yn bendant.

Chwarae teg, gwenodd Ieuan. Roedd hwn yn well nag Inspector Frost ar ei orau. Fe wna i anfon cês o wisgi ato i ddiolch iddo am berfformio cystal, meddyliodd.

Ond nawr, roedd y foment fawr wedi cyrraedd. Ei amser e, Ieuan, i dystiolaethu yn llygad y byd. Dyma fyddai perfformiad ei fywyd. Roedd Felix a'i gyfreithiwr wedi ei hyfforddi'n drwyadl i sicrhau y byddai ei gyflwyniad yn berffaith. Roedd Felix wedi ei siarsio i beidio â bod yn rhy *showbizzy*, rhag gelyniaethu'r prôls. 'Cofia sut oedd Hugh Grant a Steve Coogan yn rhoi tystiolaeth yn y Leveson Inquiry,' dywedodd Felix. 'Siarad o'r galon, heb or-wneud – a chofia, dim *theatrics*!'

Er bod ei nerfau'n dal yn rhacs wrth iddo ail-fyw'r noson echrydus yna yn ei hunllefau, roedd yn ddigon pragmatig i ddeall bod hwn yn gyfle arbennig i godi ei broffil. Roedd yr achos yn trendio ar Twitter ledled y byd, a phawb yn ysu am y cyfle i glywed ei stori o lygad y ffynnon. Roedd e wedi dewis gwisg Armani ar gyfer y llys. Y tro hwn, roedd mewn llwyd tywyll i ddangos difrifoldeb y sefyllfa, ac roedd ei grys gwyn a'i dei du sidan Prada'n gyfeiliant lleddf perffaith i'r siwt.

'Mr Bythwyrdd, pryd ddaethoch chi'n ymwybodol o'r ffaith bod gennych chi stelciwr?' holodd yr erlynydd.

'Wel, ro'n i wedi derbyn sawl neges oddi wrth un o 'nilynwyr i ar Twitter ers rhyw chwe mis cyn y digwyddiad. Cynyddodd y negeseuon pan es i Gaerdydd i ffilmio *Glo yn y Gwaed*.' (Roedd yn bwysig iddo grybwyll enw'r ffilm mor aml ag y gallai, fel roedd

Felix wedi ei siarsio.) 'Erbyn y diwedd, ro'n i'n derbyn rhyw ugain neges y dydd, a thecsts yn ogystal.'

'A beth oedd cynnwys y negeseuon yma?'

'Ar y dechrau roedden nhw'n fy nghanmol i, a fy ngwisg ac ati yn y BAFTAs, ond wedyn aethon nhw'n fwy personol. Roedd hi'n amlwg ei bod hi wedi fy nilyn i'r *gym* un tro gan ei bod wedi crybwyll y ferch oedd gyda fi'r diwrnod hwnnw. Ac roedd hi hefyd wedi torri mewn i 'nhrelar i ar set *Glo yn y Gwaed*, gan dynnu llun o'i bronnau ar fy ffôn a gadael negeseuon i fi i gwrdd â hi.'

'Oeddech chi wedi annog sylw wrthi o gwbl? Dywedodd Ms Jones eich bod wedi ei gwahodd hi i ffilmio ar y set.'

'Wnes i ddim ateb yr un tecst na thrydariad anfonodd hi ata i. Ro'n i wedi ei gwahodd yn rhinwedd ei swydd i ffilmio ar y set ar gyfer eitem deledu roedd hi'n ei wneud amdana i a'r ffilm. Doedd gen i ddim syniad taw hi oedd yn danfon y negeseuon ata i. Do'n i ddim wedi ei gwahodd hi i gael perthynas gyda fi. Ro'n i eisoes mewn perthynas.'

'Gyda'r diweddar Rhun Lewis?'

'Ie,' dywedodd Ieuan mor hyderus ag y medrai.

Sgubodd 'Www!' drwy'r llys wrth iddo gyfaddef y berthynas am y tro cyntaf ar lafar. Croesodd ei feddwl y byddai ei fam yn cael harten petai hi'n dilyn yr achos ar y teledu.

'Sut mae'r digwyddiad wedi effeithio arnoch chi, Mr Bythwyrdd?'

'Dwi'n derbyn triniaeth therapi ddwys, ac mae fy seiciatrydd o'r farn 'mod i'n dioddef o *post-traumatic stress disorder*. Dwi'n methu cysgu gan amlaf, a phan ydw i, dwi'n cael hunllefau. Mae ofn arna i y bydd *hi* neu rywun tebyg yn dod ar fy ôl i eto . . . A bod yn onest, dwi'n teimlo fel anifail yn cael ei hela.' Sylwodd Ieuan o gil ei lygad fod Felix yn codi'i fawd arno. Gobeithio'n wir byddai hynny'n ddigon i selio'r ddêl.

'Fe ddywedodd Ms Jones eich bod wedi ei chusanu ar y set y diwrnod hwnnw. Ydych chi fel arfer yn cusanu pobl ry'ch chi newydd gwrdd â nhw, Mr Bythwyrdd?' holodd bar-gyfreithiwr Cassie'n snichlyd.

Y blydi diawl! Ond roedd ganddo ateb parod, gan fod ei gyfreithiwr wedi rhagweld y cwestiwn hwnnw.

'Ydw, dwi'n cusanu pobl fel mater o arfer rownd y rîl. Mae'n rhan o fod yn *luvvie*, mae arna i ofn.' Rhoddodd Ieuan wên fach, gan ennyn ambell chwerthiniad ac ochenaid ymhlith y dorf yn y llys. 'Fe gusanais Ms Jones ar ei boch wrth ddweud hwyl fawr ar ddiwedd y ffilmio, er mwyn bod yn gwrtais. Do'n i ddim yn fflyrtio nac yn ceisio'i hannog hi mewn unrhyw ffordd.'

'Wnaethoch chi sylwi o gwbl bod gan Ms Jones deimladau cryf tuag atoch chi?'

'Ro'n i'n synhwyro ei bod hi'n fy ffansïo i, ond sylwais i ddim ar unrhyw beth mwy sinistr. Dim ond dwywaith siaradais i â hi – unwaith yng ngwesty'r Hilton am bum munud pan ddaeth i 'nghyfweld i, a'r eildro am gwpwl o funudau ar y set.'

'Ai ffolineb, felly, oedd cusanu rhywun oedd yn amlwg yn eich ffansïo chi?'

'Dwi ddim ishe bod yn ben bach, ond dwi wedi arfer

cusanu pobl sy'n fy ffansïo i, a does yr un ohonyn nhw wedi ceisio fy lladd i o ganlyniad o'r blaen,' dywedodd Ieuan yn cŵl. Doedd y twat yma ddim yn mynd i'w fwrw oddi ar ei echel ac ennill y dydd. Yn dilyn cyfarwyddyd Felix, rhoddodd wên fach ddiymhongar i'r rheithgor, gan weld ambell aelod (gwrywaidd a benywaidd) yn gwenu'n swil yn ôl arno.

'Allwch chi ddweud wrth y llys beth ddigwyddodd pan welsoch chi Ms Jones yn eich fflat ar y noson dan sylw?'

Dechreuodd ei ddwylo grynu wrth iddo orfod ail-fyw'r digwyddiad unwaith eto. 'Ro'n i wedi gorffen diwrnod olaf y ffilmio ar set *Glo yn y Gwaed* ac wedi gyrru adre i'r fflat ym Mae Caerdydd. Roedd Rhun yn aros yno amdana i.'

'Ers faint oeddech chi wedi bod mewn perthynas gyda Rhun Lewis?'

'Ers rhyw bedwar mis.'

'Oedd y berthynas yn un ddifrifol?'

Edrychodd Ieuan ar yr wynebau yn y llys, gan cynnwys un Cassie, oedd yn syllu arno fel sombi. Llyncodd ei boer cyn ateb yn dawel, 'Oedd.' Wel, nid dyma'r lle i gyfaddef y gwir, nage – taw shag-bydi yn unig oedd y bachgen marw trasig.

'Pam gadwoch chi'r berthynas "ddifrifol" hon yn gyfrinach, Mr Bythwyrdd?'

'Gwrthwynebiad, ddim yn berthnasol,' dywedodd yr erlynydd yn ddig.

'Mae'n bwysig i ni ddeall natur y berthynas, gan mai hon oedd wrth wraidd ymosodiad Ms Jones ar Mr Bythwyrdd a Mr Lewis,' esboniodd y cyfreithiwr wrth y barnwr.

'Atebwch y cwestiwn, Mr Bythwyrdd,' dywedodd y barnwr.

'Ro'n i wedi derbyn cyngor i beidio â dod allan fel dyn deurywiol ar hyn o bryd,' dywedodd Ieuan. 'Fel *leading man*, mae gen i ddelwedd i'w chynnal, ac roedd fy nghynghorwyr yn poeni y byddai llawer o fy ffans yn troi yn fy erbyn i petaen nhw'n gwybod am fy mherthynas i a Rhun. Ond ro'n i *yn* bwriadu dod allan pan fyddai'r amser yn iawn. Mae'n anodd byw bywyd preifat pan rydych chi'n berson cyhoeddus.' Gwyddai y byddai'n ennyn cydymdeimlad gyda'r berl fach honno.

'Felly, ar y noson dan sylw, roeddech chi yn y gwely gyda Mr Lewis?'

'Oeddwn.' Edrychodd Ieuan i fyw ei lygaid – roedd y diawl yn ceisio codi cywilydd arno. Pwy fyddai eisie mynd i'r gwely gydag e? Roedd e'n hyll fel pechod, gyda'i *comb-over* a'i siwt tshep.

'Pryd wnaethoch chi sylweddoli bod rhywun arall yn yr ystafell?'

'Clywais i sgrech ofnadwy yn dod o gyfeiriad y drws. Fe drois i a Rhun a'i gweld hi'n sefyll yno . . .' Oedodd Ieuan gan yfed ychydig o ddŵr. Er ei fod wedi adrodd y stori droeon o'r blaen, roedd yn dal yn anodd iddo ail-fyw'r profiad – y gwaed, y gweiddi, a'r olwg yn llygaid Rhun yn newid o nwyd i ofn ac yna i wacter . . .

'Hi?' holodd y cyfreithwr.

'Cassandra Jones. Roedd un o 'nghleddyfau *prop* i yn ei dwylo. A chyn i ni gael cyfle i godi o'r gwely, roedd hi wedi dechrau trywanu Rhun a fi. Ro'n i'n meddwl ei bod hi'n mynd i'n lladd ni'n dau . . .'

'A wnaethoch chi ddim byd i geisio'i stopio hi?'

'Roedden ni'n noeth, a doedd dim arf gyda fi.' Clywodd rywun yn piffian chwerthin wrth iddo sylweddoli geiriad anffodus ei frawddeg. 'Ro'n ni mewn sioc ofnadwy, a digwyddodd popeth mor gyflym.'

'Ddywedodd Ms Jones unrhyw beth wrthoch chi tra oedd yr ymosodiad yn digwydd?'

'Roedd ei llygaid hi'n wyllt ac roedd hi'n sgrechian fel banshî, "Ieuan! Na, ddim fe!" drosodd a throsodd. Roedd hi'n amlwg eisiau gwneud niwed difrifol – i Rhun yn enwedig.'

'Felly, mae'n wir i ddweud ei bod hi wedi colli rheolaeth lwyr arni ei hun?'

'Roedd hi'n gwybod pwy oedden ni, ac roedd hi'n ddigon synhwyrol i gael arf yn ei meddiant . . .' Doedd e ddim am helpu'r bitsh mewn unrhyw ffordd.

'Ond roedd ei llygaid yn "wyllt", meddech chi?'

'Oedden . . .'

'A'i hymddygiad yn gwbl wahanol i'r hyn roeddech chi wedi'i weld o'r blaen yn ei chwmni – yng ngwesty'r Hilton ac ar y set yn Sain Ffagan?'

'Wel, oedd – doedd hi ddim yn trio fy lladd i bryd hynny!'

'Ar ôl i Ms Jones eich trywanu, beth ddigwyddodd wedyn?'

'Rhedodd hi allan o'r fflat, a'r cleddyf yn dal yn ei llaw, a ffoniais i'r heddlu. Es i at Rhun a theimlo am bŷls, ond roedd e wedi . . . mynd,' dywedodd Ieuan, gan deimlo deigryn crocodeil yn treiglo'n araf i lawr ei rudd. Gallai synhwyro'r cydymdeimlad yn ffrydio tuag ato o'r dorf. Roedd y bitsh yn *toast*!

'Diolch, Mr Bythwyrdd. Ga i alw Cassandra Jones os gwelwch yn dda?'

Teimlodd Cassie ei chyfreithiwr yn ei phrocio yn ei hystlys. Trodd i edrych arno'n ddiddeall.

'Cassie! Mae'n bryd i ti fynd i fyny!'

Trodd Cassie i syllu ar Louisa Brown. Nodiodd hithau, a chododd Cassie'n ufudd a cherdded at y safle tystio. Roedd hi'n gwisgo'r siwt a brynodd ar gyfer ei chyfarfod cyntaf gyda Ieuan yn yr Hilton – roedd Louisa wedi argymell y dylai edrych mor smart â phosibl. Doedd hi'n dal ddim yn deall pam oedd hi yno, ond gwyddai fod Ieuan yn dal i'w charu – roedd e newydd sibrwd hynny yn ei chlust. *Charade* oedd yr achos llys yma, ac roedd hi'n well chwaraewr na'r un o'r trueiniaid eraill.

'Ms Jones, ydych chi'n deall pam rydych chi'n wynebu achos llys yn eich erbyn?' holodd yr erlynydd.

'Ydw, ond dwi ddim yn cytuno gydag e,' dywedodd Cassie, gan syllu arno'n herfeiddiol. Daeth ambell bwff o chwerthin o'r galeri.

'Ydych chi'n ymwybodol eich bod wedi trywanu Rhun Lewis i farwolaeth?'

'Gwrthwynebiad!' Safai cyfreithiwr Cassie fel *meerkat* yn ei aniddigrwydd.

'Mae'n hysbys i'r llys bod Ms Jones wedi ymosod ar Mr Lewis, a bod y weithred hon wedi arwain yn uniongyrchol at ei farwolaeth. Yr hyn rydyn ni'n ceisio'i gadarnhau yw ai achos o lofruddiaeth ydy hwn, ynteu dynladdiad oherwydd cyfrifoldeb lleihaedig.'

Gwenodd Ieuan wrtho'i hun – roedd yr erlynydd ar dân â'i ymateb nawddoglyd i'r cyfreithiwr arall. Ha! Gobeithio byddai'n gwneud i'r Cassie 'na wingo.

'Atebwch y cwestiwn, Ms Jones,' dywedodd y Barnwr yn dawel.

'Pa gwestiwn?' holodd Cassie'n ffwndrus. Roedd hi wedi ei swyno gan y fodrwy newydd oedd ar fys Ieuan, ei fys priodas. Rhaid taw cod oedd hynny i ddangos ei fod am ei phriodi . . .

'Ydych chi'n ymwybodol o'r ffaith eich bod wedi trywanu Rhun Lewis i farwolaeth, Ms Jones?' gofynnodd yr erlynydd yn ddiamynedd.

'Ydw, ond roedd Ieuan yn cytuno mai dyna oedd y peth iawn i'w wneud! Ontefe, cariad? Gwed wrthyn nhw, Ieuan – gwed wrthyn nhw!'

'Ms Jones, does dim hawl gyda chi i gyfathrebu'n uniongyrchol â Mr Bythwyrdd. Atebwch y cwestiynau yn unig, os gwelwch yn dda,' siarsiodd y barnwr, gan rythu arni dros ei sbectol hanner lleuad.

'Felly, rydych chi'n cyfaddef i chi drywanu Mr Lewis i farwolaeth. Ar ba sail rydych chi'n dweud bod Ieuan Bythwyrdd wedi rhoi sêl ei fendith i chi gyflawni'r fath weithred aflan?'

'Fe wnaethon ni ei drafod *e* – y "gwcw yn y nyth" – pan oedden ni newydd gael rhyw yn fy fflat i'r noson cyn diwedd y *shoot*,' dywedodd Cassie'n siriol.

'Y noson cyn diwedd y *shoot* . . . Mehefin yr ail 2012, felly?'

'Ie,' syllodd Cassie'n herfeiddiol ar y dyn bach hyll o'i blaen â'r wìg ddwl ar ei ben. Trodd i edrych ar Ieuan, gan wenu'n gynnes arno. Roedd e mor olygus heddiw, yn ei siwt Armani! Roedd hi'n methu aros i'r ffârs yma ddod i ben er mwyn iddi hi a Ieuan gael dianc i Rio gyda'i gilydd, fel roedd e wedi'i addo.

'A beth ddywedodd Mr Bythwyrdd wrthoch chi am Mr Lewis?'

'Jyst ei fod e'n ei haslo fe, a'i fod yn ffaelu cael ei wared e . . . Un o'r *hangers-on* tragwyddol yna sydd ag obsesiwn gyda selébs.'

'Wel, myn uffarn i!' ebychodd Fiona o dan ei hanadl, yn methu credu'i chlustiau.

'Faint o'r gloch oedd hyn?'

'Tua hanner nos,' dywedodd Cassie'n hyderus.

'Mae gennym dystiolaeth gan nifer o lygad-dystion fod Mr Bythwyrdd a Mr Lewis wedi bod mewn parti yng Nghlwb y Cameo, Caerdydd, ar Fehefin yr ail. Ac mae llygad-dyst arall yn cadarnhau bod Mr Bythwyrdd a Mr Lewis wedi gadael y clwb gyda'i gilydd am hanner nos. Mae gyrrwr tacsi wedi cadarnhau ei fod wedi gyrru Mr Bythwyrdd a Mr Lewis i fflat Mr Bythwyrdd ym Mae Caerdydd am chwarter wedi deuddeg. Yn ogystal, mae gennym dystiolaeth CCTV eich bod chi ym mar y Park Plaza yng Nghaerdydd am un ar ddeg o'r gloch y noson honno, Ms Jones, a'ch bod wedi dal tacsi i'ch cartref yn fuan wedi hynny ar eich pen eich hun. Tua'r un adeg, roedd Mr Bythwyrdd wedi trydar llun ohono'i hun yn ei wely'n dioddef o annwyd trwm.'

Gwenodd Ieuan yn faleisus ar yr ast gelwyddgar, wallgof – diolch byth ei fod yn trydar pob whip-stitsh!

'Ond roedd e gyda fi – roedden ni'n caru mewn gwely'n llawn o betalau rhosod coch!' dywedodd Cassie, a'i llygaid yn ymbil ar y barnwr.

'Ms Jones, rydych chi'n dioddef o salwch meddwl difrifol, a ffantasi lwyr yw unrhyw berthynas sydd rhyngddoch chi a Mr Bythwyrdd.'

'Nage! Mae Ieuan yn fy ngharu i! Dwi'n gwybod hynny!'

'Pam wnaethoch chi ymosod ar Rhun Lewis, Ms Jones? Ai oherwydd ei fod e mewn perthynas gyda Ieuan Bythwyrdd?'

'Doedden nhw ddim "mewn perthynas". Roedd e'n ceisio arwain Ieuan ar gyfeiliorn. Doedd dim dewis gyda fi.'

'Dim dewis ond gwneud beth, Ms Jones?'

'Ei ladd e . . .'

Dyna ni! Cododd Ieuan ar ei draed yn fuddugoliaethus. Doedd dim gobaith gyda hi nawr!

'Distawrwydd yn y llys!' rhuodd y barnwr.

'Ms Jones, rydych chi newydd gyfaddef eich bod chi wedi lladd Mr Lewis. Ai dyna oedd eich bwriad pan wnaethoch chi dorri i mewn i fflat Mr Bythwyrdd?'

'Wnes i ddim torri i mewn – Ieuan agorodd y drws i fi.'

Bellach, roedd Cassie fel cwningen yn gwingo yn nannedd fferet. Roedd yn amlwg i bawb yn y llys ei bod hi ymhell o fod yn ei iawn bwyll.

'Yn ôl y dystiolaeth fforensig, roeddech chi wedi torri ffenestr ystafell ymolchi Mr Bythwyrdd er mwyn mynd i mewn i'r fflat. Mae olion eich bysedd ar y ffenestr. Pam wnaethoch chi afael mewn cleddyf, Ms Jones?'

'Dwi ddim yn gwybod.'

'Dwi'n meddwl eich *bod* chi'n gwybod. Roeddech chi wedi gafael yn y cleddyf gyda'r bwriad o wneud niwed difrifol i unrhyw berson fyddech chi'n ei ddarganfod yng ngwely Mr Bythwyrdd y noson honno.'

'Ffacin hel! Ma' hwn yn well na *Boston Legal*!' sibrydodd Fiona wrth John, gan dyrchu i'r storfa ddirgel o M&Ms roedd hi wedi'i chuddio yn ei bra ar gyfer yr achos.

'Ssh!' hisiodd John, a'i lygaid fel dwy farblen fawr yn syllu ar y ddrama o'i flaen. Trueni nad oedd hawl gyda nhw i drydar o'r llys, ond byddai ganddo lwyth o dameidiau blasus i'w rhannu am yr achos yn nes ymlaen.

Roedd Fiona ac yntau eisoes wedi llwyddo i werthu drama ddogfen am yr achos i Five ac S4C am achos y 'Welsh Bunny Boiler', sef llysenw Cassie yn y wasg. Byddai'r rhaglen yn agor pob mathau o ddrysau iddynt. Roedd Fiona eisoes wedi ennill ffortiwn yn adrodd ei stori am y gwenwyn bwyd yng nghylchgronau *Woman*, *Bella* a *WeightWatchers*, ac unwaith y byddai wedi colli pedair stôn, hi fyddai llefarydd newydd clwb colli pwysau Jennie Craig. Roedd hi wedi bwcio i gael llawdriniaeth *gastric band*, gan y byddai colli pwysau yn y ffordd arferol mor ddiflas, yn enwedig y busnes ymarfer corff annifyr yna. Roedd John yn defnyddio'i gysylltiad gyda Cassie i fachu dynion – roedd yn gambit heb ei ail, addo datgelu'r cyfan am y *bunny boiler* am snog neu fwy . . .

Gwingodd Paul yn ei sedd yn ymyl John a Fiona. Doedd e ddim yn teimlo unrhyw foddhad o weld y ferch y bu unwaith yn ei charu, a hithau'n amlwg wedi colli arni'i hun yn llwyr. A ddylai e fod wedi'i pherswadio i weld seiciatrydd cyn ei bod hi'n rhy hwyr? A allai e fod wedi gwneud mwy i'w helpu? Ysgydwodd ei ben yn drist. A'r cyfan dros y twlsyn Ieuan Bythwyrdd yna a'i ego enfawr. Yr eironi oedd bod y boi yn hoyw, ar ôl yr holl helynt! Gwasgodd ei gariad, Annette, ei law yn dyner. Roedd e wedi cwrdd ag Annette yn y *gym*; roedd hi'n ferch hyfryd, heb unrhyw ddiddordeb ym myd y selébs (roedd e wedi gwneud yn berffaith sicr o hynny).

Syllodd ar Cassie. Roedd hi'n berson gwbl wahanol i'r ferch roedd e'n ei hadnabod, a doedd dim modd i neb ei helpu nawr; roedd hi wedi mynd yn rhy bell y tro hwn.

'Plîs, Ieuan, helpa fi! Plîs!' gwaeddodd Cassie. Roedd y dyn yma'n codi ofn arni.

'Dwi yma, cariad,' sibrydodd Ieuan yn ei chlust, gan wasgu ei llaw. 'Bydd yn ddewr – bydd y cyfan drosodd chwap.'

Sibrydodd Louisa Brown yng nghlust cyfreithiwr Cassie. Cododd hwnnw ar ei draed a dweud yn hunanbwysig, 'Yn dilyn cyngor meddygol proffesiynol, hoffwn ofyn i ddod â thystiolaeth Ms Jones i ben. Mae hi wedi dechrau aflonyddu, a rhaid i mi bwysleisio'r ffaith ei bod hi'n fenyw sâl.'

'Dwi'n meddwl ein bod ni wedi gweld a chlywed digon,' dywedodd y barnwr.

Pennod 9

Ieuan

Roedd Ieuan yn swp o nerfau wrth aros i'r rheithgor ddod i benderfyniad. Wrth yfed coffi gyda Felix yn un o siambrau preifat y llys, dim ond un peth oedd ar ei feddwl. 'Beth ddigwyddith os bydd y bitsh yn cerdded yn rhydd? Bydda i'n edrych dros fy ysgwydd am weddill fy oes yn meddwl pryd ddaw hi ar fy ôl i nesa.'

'Dyw hi ddim yn mynd i gerdded yn rhydd, Ieu bach,' wfftiodd Felix. 'Mae hi wedi trio lladd pedwar person ac *wedi* llwyddo i ladd un! Geith hi sbelen go dda – o leia, yn y *loony-bin*.'

Crynai dwylo Ieuan wrth godi'i gwpan i yfed. Roedd Dr Bri wedi rhoi Prozac iddo i helpu drwy heddiw, ond doedd e ddim yn teimlo fawr o'i effaith. Roedd ei nerfau'n rhacs. Doedd gweld rhieni a theulu Rhun yn y llys ddim wedi helpu chwaith. Teimlai'r euogrwydd yn ei bigo, er nad ei fai e oedd e mewn gwirionedd. Ond petai e heb gael ei demtio gan Rhun, fyddai hwnnw ddim wedi cael ei ladd. Ai cosb oedd hyn am ei fod wedi cadw'i rywioldeb yn gyfrinach? Karma yn talu'r pwyth yn ôl?

Ond doedd dim amser i feddwl ymhellach. Daeth un o swyddogion y llys i mewn i'r ystafell. 'Ma'n nhw'n barod,' dywedodd yn dawel.

Rhoddodd Felix ei fraich yn dadol am ei ysgwyddau a'i dywys i'r llys.

'Ydy'r rheithgor wedi dod i benderfyniad?' holodd y barnwr.

'Ydyn, fy arglwydd.' Cododd fforman oedrannus y rheithgor ar ei draed yn ffwndrus, a bu oedi poenus wrth iddo ymbalfalu am ei sbectol yn ei boced.

Rhegodd Ieuan o dan ei wynt. Sut y dewiswyd y fath hen groc i arwain y rheithgor ar y fath benderfyniad pwysig? Beth os byddai e'n darllen y penderfyniad anghywir? A fyddai hynny'n achosi camdreial?

O'r diwedd, dechreuodd yr hen foi ddarllen.

'Yn achos y goron yn erbyn Cassandra Jones, rydym yn cael y diffynnydd yn euog o ddynladdiad oherwydd cyfrifoldeb lleihaedig. Yn y pedwar achos o ymgais o niwed corfforol difrifol, rydym yn cael y diffinnydd yn euog.'

'*Yes!*' gwaeddodd Fiona a John o'r galeri, a chofleidiodd Ieuan Felix yn falch. Er nad oedden nhw wedi ei chael yn euog o lofruddiaeth, roedd bod yn euog o ddynladdiad yn wobr gysur ddigon da. Roedd yr hunllef ar ben, a'r bitsh yn wynebu carchar.

Trodd y barnwr at Cassie, oedd yn eistedd fel delw wrth ochr ei chyfreithiwr. Doedd hi ddim yn amlwg i'r dorf a oedd hi wedi deall geiriau'r fforman ai peidio – roedd hi ymhell bell i ffwrdd yn ei byd bach ei hunan. Carthodd y barnwr ei lwnc ac annerch Cassie a'r llys:

'Y peth pwysig i ni ei gofio yn yr achos hwn – achos sydd wedi denu cymaint o sylw yn y wasg a'r cyfryngau – yw fod dyn ifanc talentog a disglair wedi colli'i fywyd. Roedd ei farwolaeth yn drasiedi iddo ef a'i deulu, ac yn wastraff bywyd gwerthfawr. Ond rydych chi, Cassandra Jones, yn dioddef o salwch meddwl difrifol, ac mae'n rhaid ystyried hynny wrth eich dedfrydu. Rydych chi wedi meddwi ar fyd ffals y sêr, ac mae'ch obsesiwn wedi arwain at farwolaeth a phoen meddwl i lawer. Mae'r gyfraith, ers mis Tachwedd 2012, yn cydnabod difrifoldeb stelcio fel trosedd, ac mae hynny'n elfen bwysig iawn yn yr achos hwn. Rwyf i o'r farn eich bod yn berygl i chi'ch hun ac i eraill, a bod angen gofal seiciatrig llawn amser arnoch chi. Yr unig ddedfryd sy'n bosibl i mi i'w rhoi yw i chi dreulio gweddill eich oes mewn sefydliad arbenigol.'

Llifodd gorfoledd fel ton enfawr dros fwyafrif y dorf. Cododd Ieuan ar ei draed yn flinedig. Bu'r achos yn gymaint o straen â saethu unrhyw ffilm.

'Ieuan!' Clywodd lais Cassie'n gweiddi arno, ond doedd dim angen iddo wrando arni mwyach.

Ieuan – dros flwyddyn yn ddiweddarach

Roedd y flwyddyn ddiwethaf wedi gwibio heibio fel petai rhywun wedi gwasgu'r botwm *fast forward* ar ffilm. Hon fu blwyddyn fwyaf cythryblus, ond mwyaf llwyddiannus, ei fywyd. Treuliodd fis yn y Priory yn derbyn therapi dwys i ddod dros yr ymosodiad. Llwyddodd i gau pen y mwdwl ar nifer o'i broblemau, gan gynnwys ei berthynas â'i fam a'i ddibyniaeth ar gyffuriau. Roedd e wedi penderfynu dileu'r ddau o'i fywyd, a theimlai'n llawer hapusach nawr nad oedd yn rhaid iddo wrando ar ei fam yn rhestru ei gamweddau'n ddidostur. Roedd ei chwaer, Lowri, wedi ei ffonio i geisio'i ddarbwyllo i newid ei feddwl, ond roedd yn rhaid iddo sefyll yn gadarn. Ceisiodd esbonio wrthi ei fod wedi rhoi un cyfle ar ôl y llall i'w fam ei dderbyn e a'i rywioldeb, a'i bod hi wedi gwrthod. Roedd Dr Bri wedi dweud ei bod hi'n ddylanwad pwerus a niweidiol ar ei gyflwr meddwl, ac mewn llythyr diflewyn-ar-dafod, roedd Ieuan wedi esbonio iddi pam na allai barhau â'r berthynas gamweithredol.

'Ti 'di torri'i chalon hi, Ieu,' dywedodd Lowri'n swrth. 'Ac rwyt ti'n bod yn rili hunanol 'fyd! Fi sy'n gorfod delio 'da hi'n conan rownd y rîl amdanat ti a dy lythyr creulon!'

'Lowri, ti'n gwybod 'mod i wedi gwneud 'y ngore glas 'da hi. Ond mae fy seiciatrydd yn dweud bod ei hymddygiad hi tuag ata i wedi cyfrannu'n sylweddol at y problemau o'dd 'da fi – y cyffuriau, y rhyw . . .'

'Alli di ddim beio Mam am bopeth!'

'Dydw i ddim, ond os ydw i am fyw bywyd hapus allith Mam ddim bod yn rhan ohono. Ma'n ddrwg 'da fi, ond dwi wedi penderfynu . . .'

'O, ac wfft i ni i gyd, ife? Ti mor hunanol, Ieu! Ti wastad wedi cael dy fabïo. Ro'dd Mam yn rhoi popeth i ti, gan gynnwys mynd heb ddillad newydd i dy gadw di yn y coleg 'na – o't ti'n gwybod 'ny? Mae ganddi hi ei beiau, fel pawb ohonon ni, ond hi yw dy fam di. Ma' arnat ti dy fywyd iddi . . .'

'Dwi wedi hen dalu'n ôl iddi. Ac fe wna i barhau i'w helpu hi – dwi wedi trefnu ei bod hi'n derbyn lwfans misol. Fydd hi byth yn dlawd.'

'Ond Ieu, sut fyddi di'n teimlo pan ddaw'r dydd pan na fydd hi yno i ti fedru achub y berthynas? Paid â'i gadael hi'n rhy hwyr, er mwyn dyn.'

Gallai Ieuan glywed y dagrau yn llais ei chwaer, a dechreuodd deimlo'n ansicr ynghylch ei benderfyniad. 'Os bydde hi'n gallu 'nhrin i â chariad a pheidio beirniadu . . . fel mae hi'n dy drin di . . .'

'Ieu, dyw hi'n ddim gwell 'da fi, y twpsyn! Pam 'sen i wedi mynd yn feddyg yn lle'n athrawes? Pam 'mod i'n magu'r plant yn llysieuwyr? Pam 'mod i a Llew wedi gwahanu . . .?'

'Chi 'di gwahanu?'

'Ers misoedd, Ieu. Ond wnest ti ddim trafferthu gofyn sut o'n i. Ma' 'da ti gymaint o obsesiwn am "Ieuan Bythwyrdd" fel nag o's lle i neb arall yn dy fywyd di.'

'Wel, dwi wedi bod yn fishi – nid pob dydd ma' dyn yn byw trwy ymosodiad ar ei fywyd . . .'

'Fel 'na o't ti cyn yr ymosodiad, frawd . . .'

'Gwranda, Lowri, dwi ddim ishe cwympo mas 'da ti. Dwi'n gorfod mynd nawr – ffonia i di cyn bo hir.'

Ond doedd e heb ei ffonio hi ers hynny. Roedd Lowri hefyd yn atgof rhy bwerus o'i fam a'i euogrwydd am gefnu arni. Roedd ei fam wedi dial arno trwy werthu ei stori i'r *Daily Mail*, gwta ddeufis ar ôl yr achos llys. Ac roedd ganddi'r wyneb i'w feirniadu fe am siarad â'r wasg!

Dyna lle'r oedd hi yn y papur, yn gwisgo'i dillad plaen a rhad, yn sefyll fel merthyr o flaen y casgliad o gwpanau arian a enillodd Ieuan mewn eisteddfodau di-ri yn ystod ei blentyndod ufudd. Roedd hi'n ei garu bryd hynny, ac yntau'n perfformio fel mwnci er mwyn iddi gael brolio wrth Ferched y Wawr am ei mab, y 'llefarydd o fri'. *Cringe*! Roedd yna luniau hefyd o'i blentyndod – fe mewn gwisg parti cyd-adrodd yr Urdd yn y naw degau cynnar, fe'n fabi blwydd yn noethlymun ar y mat, a llun ohono'n graddio o Rose Bruford. Pam ffwc oedd hi wedi gwneud hyn iddo?

Roedd y pennawd yn ddigon i wneud i unrhyw un chwydu: '*Mae cariad mam yn fythwyrdd*'.

Mae Mrs Gaynor Griffiths, *mam yr actor enwog Ieuan Bythwyrdd, fu yn y penawdau'n ddiweddar oherwydd achos llys y 'Welsh Bunny Boiler' wedi cadw ei stori iddi ei hun tan nawr . . .*

'O'dd e'n fachgen bach mor annwyl,' *dywedodd Mrs Griffiths, wrth syllu'n falch ar y dwsinau o gwpanau arian sy'n sgleinio ar y seld yn ei chartref cymen ond cyffredin yng nghefn gwlad Sir Gâr.* 'Roedd e'n amlwg yn dalentog yn ifanc iawn, a dwi'n poeni nawr ein bod ni wedi'i sbwylio fe trwy roi gormod o sylw iddo'n blentyn. Doedd ei chwaer, Lowri, byth yn achosi trwbwl, ond roedd Ieuan wastad eisie rhywbeth – tegan newydd, gwersi actio, dianc i Lundain . . . Doedd dim byd oedd ei dad, druan bach, na finne'n ei wneud yn ddigon iddo fe. A nawr mae e wedi torri'n calonnau ni fel teulu. Yr unig fendith yw nag yw ei dad ddim yma i weld yr holl helynt.'

Beth ydy ymateb Mrs Griffiths i'r datguddiad ynghylch rhywioldeb ei mab?

'Y cyfrinachedd sy'n gwneud y dolur mwyaf. 'Mod i'n gorfod dysgu o'r wasg bod fy unig fab yn cysgu gyda dynion a menywod. Nid fel 'ny cafodd e 'i fagu. Rwy'n meddwl bod y Rose Bruford yna wedi cael effaith ofnadwy ar ei foesoldeb. Roedd e'n ddiniwed iawn gartre'n grwt – dim diddordeb mewn merched nac mewn bechgyn, yn sicr. Adrodd a chanu oedd yn mynd â'i fryd e.'

A beth am yr helynt diweddaraf? Sut oedd hi'n teimlo pan glywodd hi fod Cassandra Jones, y 'Welsh Bunny Boiler', wedi ymosod ar ei mab ac wedi lladd ei gariad, yr actor ifanc Rhun Lewis, wrth iddyn nhw gael rhyw yn fflat Mr Bythwyrdd?

'Wel, dyw fy iechyd i ddim yn dda ar y gore,' dywedodd Mrs Griffiths yn lleddf. 'Mae gen i broblemau pwysau gwaed, a chlefyd y siwgwr difrifol. Bues i'n diodde yn fy ngwely am wythnos ar ôl clywed beth ddigwyddodd i Ieuan.'

A sut mae'r berthynas rhwng y mam a'r mab erbyn hyn?

'Dyw Ieuan ddim ishe i mi fod yn rhan o'i fywyd e mwyach,' dywedodd Mrs Griffiths gan geisio cuddio'i dagrau oddi wrthyf. 'Ces i lythyr oddi wrtho'n dweud bod ei seiciatrydd wedi ei gynghori i 'nhorri i allan o'i fywyd am byth am nad ydw i'n medru derbyn ei fywyd anfoesol. Dyw Lowri heb glywed oddi wrtho chwaith.'

Oes modd gwella pethe rhyngoch eich dau?

'Mae popeth wedi mynd yn rhy bell. Mae e wedi dweud pethe creulon iawn wrtho i,' dywedodd Mrs Griffiths yn dorcalonnus. 'Mae'r bachgen bach hoffus oedd yn ein hudo gyda'i berfformiadau diniwed wedi mynd, ac yn ei le mae'r dyn creulon 'ma dwi ddim yn ei adnabod. Enwogrwydd yw ei obsesiwn e nawr – does dim lle yn ei fywyd prysur i'w deulu.'

Roedd geiriau ei fam wedi ei frifo i'r byw ar y pryd, ond roedd Dr Bri wedi esbonio mai hon oedd ymgais ei fam i'w frifo ac i ddial am ei onestrwydd wrth anfon y llythyr ati. Doedd hi ddim yn mynd i ddinistrio'i fywyd nac amharu ar ei ecwilibriwm. Ac roedd y ffaith ei bod wedi ei fradychu i'r *Mail* yn dangos ei fod wedi gwneud y penderfyniad iawn wrth ei dileu o'i fywyd am byth. Wrth lwc, ni chafodd ei stori fawr o effaith ar ddelwedd Ieuan. Roedd Felix wedi sichrau bod *counter-attack* yn yr *Observer* y dydd Sul canlynol, lle'r oedd

Ieuan yn cael ei gyfweld ar daith ar ran elusen Comic Relief yn Uganda. Roedd hi'n werth dioddef y clêr a'r drewdod yn y Trydydd Byd i roi sglein ar ei eurgylch. Edrychodd ar ei Rolex – roedd hi'n amser unwaith eto, noson y BAFTAs, a'r tro hwn, roedd e'n ffyddiog y byddai'n ennill.

Roedd e wedi cyrraedd pinacl ei yrfa, diolch yn bennaf i'r ymosodiad. Fel roedd Felix wedi'i ddarogan, roedd y cynigion wedi llifo i mewn. Cafodd yr erthygl gydymdeimladol yn *Hello* ei thrafod yn y Senedd, hyd yn oed, a'r gwleidyddion yn trafod perygl 'Diwylliant y Seléb' a 'Stelcio'. Wrth gwrs, chafodd fawr ddim ei benderfynu ar ôl y drafodaeth, ond cododd ei broffil e'n syfrdanol. Cawsai Serena ei llorio gan y gwrthdrawiad rhwng ei chyfweliad hi yn *Grazia* ac un Ieuan yn *Hello*, fel yr addawodd Felix, ac roedd ei phroffil hi bellach yn chwilfriw , fel un Cheryl Cole ar ôl cyflafan *X Factor* yr Unol Daleithiau. Y tro diwethaf y gwelodd hi, roedd yn bwyta ceilliau cangarŵ ar *I'm a Celebrity – Get Me Out Of Here* rhyw dri mis ynghynt.

Roedd Ieuan, ar y llaw arall, wedi arwain ymgyrch-oedd Burberry, Mulberry ac Armani yn ystod y flwyddyn ddiwethaf. Roedd Victoria Beckham wedi gofyn iddo fodelu ei chasgliad newydd o siwtiau i ddynion, a bellach roedd Becks ac yntau'n gyfeillion calon, ac yn cyfarfod yn gyson am gêm bêl-droed gyda Tom Cruise ac amryw o sêr disgleiriaf eraill Hollywood.

Roedd e hyd yn oed wedi cymryd rhan mewn fideo pop gyda Lady Gaga, yn portreadu ei chariad – 'na chi gês o'dd Gaga! Roedd hi a fe wedi cael sawl sgwrs ddifyr am fyd y selébs a stelcwyr dros gwpaned o de (hoff ddiod y Gaga). Roedd ganddi hi frigâd o ffans oedd yn ei dilyn ar draws y byd. Ei *'little monsters'* roedd hi'n eu galw nhw, ac er ei bod yn dwlu arnynt, roedd ganddi ddigon o warchodwyr i sicrhau na fyddai'r un o'r *'little monsters'* yn torri trwy'r mur diogelwch.

Roedd e wedi saethu tair ffilm hefyd. Ail-gread o'i stori e a Rhun oedd *Erotomania*, gyda'i hoff gyfarwyddwr, David Fincher, wrth y llyw. Poenai y byddai'r sgript yn rhy agos at yr asgwrn, ond talodd y stiwdio i Dr Bri fod yn bresennol trwy gydol y *shoot*, ac mewn ffordd ryfedd bu'r profiad yn gatharsis iddo. Actor ifanc, golygus o Blackpool, Rafe Stone – a ddarganfuwyd pan oedd e'n gweithio mewn ffair yn y dref – oedd yn portreadu cymeriad Rhun. Ac wrth gwrs, roedd Ieu wedi mwynhau ffling bach cyfleus gyda Rafe yn eu hamser hamdden. Roedd Mila Kunis wedi gwneud jobyn da iawn o bortreadu Cassie'r Stelciwr, ac oherwydd ei bod hi'n llawer rhy brydferth, cafodd ei hagru mewn siwtdew a wìg anffodus.

Hon, yn ddiau, oedd ffilm y flwyddyn, ac roedd hi eisoes wedi cipio nifer o wobrau. Enillodd Ieu glod mwyaf ei yrfa amdani, a chafodd ei enwebu am BAFTA (a olygai, gobeithio, y byddai'r Golden Globes a'r Oscar yn dilyn). Bu'r beirniaid a arferai fod mor drwyn-sur yn glafoerio drosto: 'Ieu yn dod i oed', 'Ieu a'i dalent Bythwyrdd', 'Perfformiad y ganrif', oedd eu byrdwn, a hynny mewn perlewyg, bron.

'Ieuan! Ieuan!' gwaeddodd y dorf fel un wrth iddo gerdded ar hyd y carped coch gyda Kelli. Ysgydwodd law George Clooney, oedd yn edrych yn bishyn i'w ryfeddu am foi hŷn.

'Ieuan, oes 'da ti funud i gael sgwrs fach?' holodd Tess Daly yn awchus.

'Gyda ti, Tess? Wastad!' gwenodd Ieuan, gan roi edrychiad bach slei i Kelli i'w hannog i symud o'r ffordd.

'Llongyfarchiadau ar gyrraedd y rhestr fer heno am y BAFTA am yr actor gorau, Ieuan!'

'Diolch o galon, rwy wrth fy modd!'

'Ddaw hi o'r diwedd heno, ti'n meddwl?'

'Wel, mae'r bois eraill sy yn y ras yn arbennig o dda, a dwi jyst yn hapus i gael bod yma ar ôl blwyddyn mor anodd.'

'Ie, wir,' nodiodd Tess ag arlliw lleddf i gyfleu'r foment ddifrifol, yna sionciodd drachefn. 'Ti'n edrych yn ffab! Pob lwc, Ieu!'

Gwenodd Ieuan ei wên ddisglair arferol, gan gydio yn llaw Kelli unwaith eto. Roedd rhywbeth yn wahanol ynglŷn â heno – ef oedd y prif atyniad, ac roedd hynny'n amlwg wrth i'r *paparazzi* ymladd am lun. Roedd hyd yn oed Brad ac Angelina'n cael eu hanwybyddu, cymaint oedd ei bŵer.

A heno, i ddangos bod ei statws yn uwch nag erioed o'r blaen, eisteddai wrth fwrdd yr *A list* (yn hytrach na bwrdd yr *A minus*, sef enw Felix arno y llynedd) gyda chast *Erotomania*. Stephen Fry oedd yn portreadu Felix, Vanessa Redgrave ei fam, Rafe oedd Rhun, wrth gwrs, a Helena Bonham Carter oedd ei chwaer, Lowri. Ac yn chwarae rhan cameo ardderchog fel Dr Bri roedd ei hoff actor, Michael Sheen.

Roedd Vanessa wedi gwneud jobyn arbennig o dda o bortreadu ei fam. Pan ddywedodd e wrth David Fincher am ei gymhariaeth rhwng ei fam a chymeriad Stella Dallas, roedd y cyfarwyddwr wrth ei fodd. A chafwyd golygfa ddirdynnol o Vanessa'n sefyll y tu allan i ddrysau'r Grosvenor adeg y BAFTAs cyntaf a fynychodd

Ieuan, yn ei chot law a'i het Peacocks, yn gwylio'i mab o bell ar y carped coch . . . Bu'r ffilm hefyd yn gyfle i'w fam ei gweld ei hun fel roedd ef yn ei gweld, ac yn ffordd wych o dalu'r pwyth yn ôl am yr erthygl honno yn y *Mail*. Gobeithiai ei bod wedi cael ysgytwad, ond doedd e heb glywed oddi wrthi hi na Lowri.

Ar y sgrin fawr, roedd yr olygfa o Ieuan a 'Rhun' yn caru yn y gwely cyn i'r stelciwr ddod i mewn yn cael ei dangos. Gallai Ieu wylio'r peth yn ddigon dideimlad bellach. Teimlai'r cyfan yn teimlo fel ffilm iddo erbyn hyn; yn afreal ac yn bell, bell i ffwrdd.

'Ac yn cipio'r BAFTA am yr Actor Gorau . . .' Cydiodd Helena a Vanessa yn ei ddwylo a'u gwasgu'n dynn. Gwenodd Ieu ar y ddwy; am ryw reswm doedd e ddim yn teimlo'r nerfusrwydd arferol.

'. . . Ieuan Bythwyrdd!'

Daeth bonllef uchel o'r dorf, a safodd pawb ar eu traed fel un i'w gymeradwyo. Cusanodd e Helena a Vanessa a chofleidio Rafe a Stephen, cyn cerdded ar ben ei ddigon at y llwyfan.

'Un o'm hoff actorion i . . .' meddai Dame Judi Dench wrtho cyn ei gusanu'n wresog a chyflwyno'r BAFTA iddo. Sylwodd fod Michael Caine yn wincio arno o'r llawr.

Trodd at y dorf a'i hannerch. 'Diolch yn fawr iawn i chi i gyd; i'r Academi, ac i 'nghyd-actorion a'r criw ar y ffilm. I David Fincher am gredu ynof i . . . Ac wrth gwrs,' oedodd yn ddramatig gan ddyfnhau ei lais yn lleddf, '. . . er cof annwyl am Rhun Lewis. Hoffwn dderbyn y BAFTA fel teyrnged iddo fe.'

Llifodd y gymeradwyaeth drosto fel ton o gariad cynnes wrth i'r awditoriwm uno i'w foli. Jiawch, roedd e'n dda! Roedd Felix wedi awgrymu'r cyffyrddiad bach yna pan fuon nhw'n ymarfer ei araith y noson cynt. Cododd y BAFTA'n fuddugoliaethus uwch ei ben gan sicrhau ei fod yn sefyll mewn osgo addas ar gyfer y ffotograffwyr. Pop, pop pop! Fflachiai'r camerâu'n ddibaid, a rhewodd popeth o'i gwmpas wrth iddo fwynhau gogoniant ei foment fawr.

Cassie – yr un amser

'Tro'r teledu yna i ffwrdd, Jones,' dywedodd y gwarchodydd wrth wneud ei rownds nosweithiol.

'Pum munud arall, plîs!' plediodd Cassie'n daer.

Roedd hi'n gwylio'r BAFTAs, ac yn teimlo ar ben ei digon am fod Ieuan wedi ennill. Wrth gwrs, gwyddai y byddai e'n dod i'r brig – ei flwyddyn e oedd hi o'r diwedd. Teimlai mor browd ohono'n sefyll yno fel arwr ac yna, i gloriannu'r cyfan, danfonodd neges arbennig ati trwy'r sgrin. 'Ac mae'r diolch mwyaf, wrth gwrs, i'm hannwyl gariad, Cassie – sy'n methu bod gyda ni yma heno am ei bod hi'n sâl – am fy nghefnogi i bob cam o'r ffordd. Rwy'n dy garu di, f'anwylyd.'

Gwenodd Cassie trwy ei dagrau gan chwythu cusan at y sgrin. Roedd hi'n deall bod yn rhaid iddyn nhw fod ar wahân am ychydig, nes ei bod hi'n gwella o'r clefyd yma. Roedd Dr Brown yn dweud ei bod hi'n gwella'n ara deg. Ond roedd Ieuan wedi addo y bydden nhw gyda'i gilydd yn fuan, ac roedd hi'n ddigon bodlon bod yn amyneddgar . . .